宝くじで40億当たったんだけど異世界に移住する 13

すずの木くろ
Suzunoki Kuro
ill 黒獅子
Kurojishi

モンスター文庫

「ウッドさんを降参させる。
皆に謝ってもらうから」
コルツ
グリセア村出身の少年

ウッドベル
コルツの友人の兵士
「クソガキが。死んどけ」

リーゼ・
イステール
ナルソンの娘

「私でよければ、いつでも話し相手になりますからね」
ティタニア
オルマシオールの片割れ

「ふふ。今から楽しみですね」
バレッタ
グリセア村 村長の娘

ジルコニア・
イステール
ナルソンの後妻
「私たちで、流行を作っちゃお！」

部族支配地域
アルカディア王国 周辺地図
バルベール共和国
Valvert
クレイラッツ
都市同盟
Craylutz
アルカディア王国
Arcadia
プロティア
王国
Protea
エルタイル
王国
Altair
アルカディア王国 国内地図
バルベール共和国
Valvert
砦
グレゴリア
グリセア村
イステリア
クレイラッツ
都市同盟
Craylutz
アルカディア王国
Arcadia
フライシア
王都アルカディア

宝くじで40億当たったんだけど異世界に移住する⑬

すずの木くろ

MONSTER bunko

Contents

序章

深夜。

バルベール北方の蛮族《ばんぞく》の野営地では、族長のゲルドンが酒の注がれた銀杯を手に、愉快そうな笑みを浮かべていた。

傍《かたわ》らには手枷を付けられたアロンドが立っており、偵察の報告をする男の声にじっと耳を傾けている。

「そうかそうか。連中、本当に軍を南に向けたか」

ゲルドンがくっくと笑う。

「どれだけ動かした？　まさか、丸ごとすべてというわけではあるまい？」

「後方に陣を張っていた1個軍団が動いたようです。動いたのを悟らせないためか、いくらか兵は残して篝火を煌々と焚《た》いているようでして」

兵士が見てきた様子をゲルドンに語る。

アロンドはじっと目を閉じたまま、それを聞いていた。

「ふむ。ならば、あと2、3日は間を置いてから仕掛けるとするか」

ゲルドンがアロンドに目を向ける。

「しかし、アロンドよ。貴様、頭が回るではないか。偽の指令書を連中に届けさせたのは、まあ、少しは感心したが。まさか、連中の輸送部隊まで攪乱させていたとはな」

「お褒《ほ》めのお言葉、ありがとうございます」

アロンドがゲルドンに微笑《ほほえ》む。

アロンドはこの野営地に来る前に、偽造した指令書をバルベール北方に展開しているすべての軍団に送っていた。

内容は、「アルカディア軍を撃滅するために軍を至急南に移動させること」、「クレイラッツが砦《とりで》での戦いに呼応して全面攻勢を仕掛けてきたため、そちらにも対応させるために軍を移動させること」「蛮族に動きを悟られないよう、隠密裏に行動し野営地の篝火を絶やさないこと」の3つだ。

また、彼らへ物資を補給している輸送部隊にも偽造した指令書を送り、移動をする軍の通過地点で待機して補給を行うように指示も出していた。

「だが、よくもまあ、連中は素直に信じたものだな？　急な移動命令など、怪しまれるとは思わなかったのか？」

「もちろんそれも想定しました。執政官だけが持っている蝋封に使う印鑑も偽造し、さらに各軍団長の家族に手紙を書かせ、一緒に添えました」

アロンドはこの時のために、常日頃から元老院議員や主だった役職につく者と親睦を深めていた。

彼らと親睦を深める過程で北方に展開している軍団の軍団長たちの家族にも接触して信用を得、家族宛ての手紙を預かるまでになっていたのである。

偽造した指令書だけならば怪しまれる可能性もあるが、家族からの直筆の手紙まで添えられているとあれば警戒心も緩むだろうと考えてのことだ。

「さらに、首都に残っている元老院議員にもその内容を記した手紙を送り、手薄になった北方国境線を守るために予備役《よびえき》を招集して軍団を新設して送るようにも伝えてあります。南に向かう軍団が首都に確認の伝令を送ったとしても、残っている元老院議員がその旨を伝えるでしょう。連中は確実に信用するはずです」

「ほう！　だが、首都の連中が、砦で戦っている執政官どもに確認するのではないか？」

「当然、確認はするでしょう。しかし、伝令が往復する時間を考えれば、十分時間は稼げますので」

「うはは！　大した悪知恵だな！　面白い奴だ！」

ゲルドンが豪快な笑い声を上げる。

「各軍団長の家族に手紙を送ったということは、他にも南に向かった軍団はあるということか？」

「はい。国境線沿いに展開する軍団のうち、計3個軍団に、アルカディア方面とクレイラッツ方面へ向かうよう書簡を送りました」

「そうかそうか。他の族長連中にも確認を取らねばな」

ゲルドンが隣に控えている若い女性──ウズナ──に目を向ける。

「ウズナ。アロンドと爺さんたちの手枷を外してやれ」

「……いいの？」

ウズナが怪訝《けげん》そうな顔になる。

「構わん。それ相応の働きをした者には、褒美《ほうび》をやらねばな。うはは！」

ゲルドンが豪快に笑う。

「それと、食事ももっといい物に変えてやれ。こいつには、もっと働いてもらおう」

「何をさせるつもりなの？」

ウズナがアロンドの手枷を外しながら聞く。

ゲルドンは、アロンドに目を向けた。

「アロンド。貴様には、バルベールに攻め入った際に、連中の街や村を降伏させるための使者になってもらうぞ」

「使者……ですか？」

「うむ」

笑っていたゲルドンが、真面目な顔になって頷《うなず》く。

「村や街を無傷で手に入れられれば、拠点として使える。そこに住む連中も、恭順させれば労働力になる。今後何年も続く戦いだ。勢いだけで、あの広大な土地を支配などできんからな」

「……承知しました」

「意外そうな顔だな？　我らのことを、ただ欲望のままに襲っては食い荒らすケダモノだとでも思っていたか？」

ゲルドンがニヤリとした笑みを浮かべる。

「いえ、そんなことはありません」

「隠さなくてもいい。貴様らが我らのことを、蛮族と呼び蔑んでいるのは知っているぞ」

「それは、バルベール人に限ったことです。私どもは、そのようなことはけっして考えておりませんよ」

アロンドがにこりと微笑む。

ゲルドンは、ふん、と鼻を鳴らして酒をあおった。

「アロンド。我らの目的は何だと思う？」

「目的、ですか……」

アロンドが少し考える。

以前、ゲルドンは仕掛けナイフを寄こした際、「東の連中が使っていた物の鹵獲品《ろかくひん》」と言っていた。

ゲルドンたちはその連中と争っていて、それにもかかわらずバルベールにまで長年攻撃を仕掛けている。

となれば、考えられるのは――。

「……東の国の者たちに奪われた地の代わりに、バルベールの土地を奪って東の国のさらなる侵略に備える、でしょうか？」

アロンドが答えると、ゲルドンは深く頷いた。

「そうだ。よく分かったな。ウズナから聞いていたか？」

「いいえ、彼女からは何も。たった今考えたのですが、当たっておりましたか」

「うむ。やはり、貴様は頭が回るな」

ゲルドンが満足そうな笑みを浮かべる。

「ここ20年あまり、我らは東の連中に追い立てられ続けてきた。我らも果敢に戦ったが、どうにも歯が立たん。このままこの地にまで連中が来れば、我らは押しつぶされてしまうだろう」

「なるほど。そのために、バルベールに攻撃を続けていたのですか」

「そうだ。幸い、バルベールは貴様らの国に11年前に戦争を仕掛けた。我らにとっては、攻撃を仕掛ける絶好の好機だったというわけだ。まあ、手痛く打ち負かされたがな」

ゲルドンが、傍らにいた男に酒を注がせる。

先ほどから何杯も彼は杯を空けているのだが、顔色一つ変えていない。

かなりの酒豪のようだ。

「いいか、アロンド。我らはバルベールの連中とは違う。貴様との約束は、必ず守る。貴様も祖国を救い、生きて帰りたいならば、命を賭けて我らに仕えろ」

「もちろんです。何なりと、お申し付けください」

「うむ」

ゲルドンが頷き、ウズナに目を向ける。

「ウズナ。アロンドたちに別の寝床を用意してやれ。家畜小屋生活は、今日で終わりだ」

「分かった」

ウズナが頷き、アロンドを顎《あご》でうながす。

アロンドはゲルドンに深く一礼し、ウズナに連れられて使用人たちとともにその場を後にした。

「あんた、やるじゃないか。バルベールの連中をハメるなんてさ」

ウズナが歩きながら、アロンドに言う。

「まあ、この時のためにずっと準備をしてきたからね」

アロンドがにこやかな笑みをウズナに向ける。

ウズナはそれを横目でちらりと見て、視線を前に戻した。

「ウズナさんは、どうしてゲルドン様に仕えてるんだい？　東の国出身なんだろ？」

「赤ん坊の頃に、ゲルドンたちに攫《さら》われてきたんだよ」

ウズナがさらりと答える。

アロンドは驚いた顔を彼女に向けた。

「攫われたって……他の家族は？」

「死んだんじゃない？　ゲルドンたちが勝った戦いで、たまたま野営地に取り残されてた私を拾ったって言ってたからね」

「そうか……ゲルドン様を恨んではいないのか？」

そう問いかけるアロンドに、ウズナは怪訝な顔を向けた。

「恨む？　どうして？」

「どうしてって、家族を殺されて攫われたんだろ？」

「顔も覚えていないような家族のことなんか、知ったことじゃないよ。私にとって、ここにいる皆が家族だ。血の繋がりなんて、関係ない」

ウズナが、アロンドに鋭い目を向ける。

「もし私たちを裏切るような真似をしたら、私がお前を八つ裂きにしてやる。変な考えは起こさないでね」

「しないよ。第一、俺がそんな真似をする理由なんて、何一つないだろ？」

アロンドが微笑む。

ウズナは数秒彼の顔を見つめると、再び視線を前に戻した。

そうして少し歩き、一軒の小さな小屋に到着した。

「今日から、ここがあんたたちの家だ」

そう言って、ウズナが扉を開けて家に入る。

中には簡素なベッドが1つ。

それ以外には、きちんと畳んだ服が置かれた棚と、小さなテーブルがあるだけだ。

床は土の上に藁《わら》を敷き詰めたもので、なかなかに温かそうだ。

「分かってると思うけど、私に手を出そうとしたら腕を切り落とすからね。大人しくしててよ」

その言葉に、アロンドと後ろを付いてきている者たちが驚いた顔になった。

「え？　ここってもしかして、キミの家？」

「そうだよ。私があんたたちの監視役ってわけ」

ウズナが「ほら」とアロンドたちをうながす。

アロンドたちは困惑した様子ながらも、素直に家に入るのだった。

第1章　後悔と葛藤

闇夜を切り裂き、オレンジ色の弧を描いていくつもの火炎弾がバルベール軍前衛に降り注ぐ。

そこかしこで大きな爆発音が響き、紅蓮の炎と黒煙が噴き上がる。

大気を震わせる轟音が響き、砦の防壁から無数の炎の舌が延びて鉄の砲弾を吐き出し続ける。

闇夜のなか、その壮絶な光景にバルベール軍司令部は騒然とした雰囲気になっていた。

「な、何だあの攻撃は⁉　奴らは何を撃ってきているのだ⁉」

ラタに跨った執政官のヴォラス・クロヴァックスが、愕然《がくぜん》とした顔で叫ぶ。

彼の周囲にいる元老院議員たちも、今まで見たことのない攻撃の数々に唖然《あぜん》とした顔になっていた。

「な、なんと……カイレン将軍の言っていた話どころではありませんよ」

ヴォラスの隣でラタに跨るもう1人の執政官のエイヴァーが、顔をしかめて唸《うな》る。

彼らは、カイレンから敵の砲撃兵器の詳細を伝え聞いていたのだが、実際に見たアルカディア軍の攻撃は、それよりもはるかに激しいものだった。

カイレンの話では、敵の砲撃兵器はかなりの射程を持っているが、後方からの遠投投石機《トレビユシエット》での攻撃で敵の前衛に打撃を与えることは可能だという話だった。

しかし、実際には遠投投石機は戦闘開始早々に3分の1が破壊され、残りのものが破壊されるのも時間の問題だ。

常識ではあり得ないほどの長射程の砲撃に、投石機部隊は大混乱に陥《おちい》っていた。

「ヴォラス執政官、これはいったん引いて作戦を練り直すべきでは？」

「バカを言うな！　一方的にやられたまま早々に撤退など、栄光あるバルベール軍の歴史に大きな汚名を残すことになるぞ！」

ヴォラスがエイヴァーを怒鳴りつける。

「乱戦に持ち込めば、人数と個々の力で勝るこちらが圧倒できる！　押し込んで乱戦に持ち込むのだ！」

「し、しかし、このままではとんでもない被害が……」

エイヴァーが食い下がるが、他の元老院議員たちもヴォラスの意見に賛同する声を上げ始める。

確かに、ヴォラスの言っていることも正しく、このまろくに戦いもせずに撤退すれば兵士たちの士気はガタ落ちになるだろう。

後日に再度攻撃するにしても、一方的にやられたという印象が強く残っていては、兵士たちは本来の力を発揮できようはずもない。

どうにかして、敵にも出血を強いる必要があった。

「バリスタ部隊はどうなっている⁉」

ヴォラスが傍《そば》の物見櫓《やぐら》を見上げる。

そこから前線を見ていた兵士の１人が、ヴォラスに身を乗り出した。

「前進を続けています！　移動防壁のおかげで、敵の攻撃は防げているようです！」

「よし、バリスタさえ無事ならば……伝令！」

ヴォラスが付近にいた伝令を呼び寄せる。

「投石機は囮に使う！　破壊されたものも、その場で修繕しているように見せかけて、可能な限り攻撃を引き受けさせろ！　投石機の兵たちは下げ、代わりに奴隷《どれい》を作業に当たらせろ！」

「はっ！」

伝令の兵士が、ラタで駆け出して行く。

投石機を操る兵士たちは専用の訓練を受けた者たちなので、早々に代えは利かない。

口惜しいが、今は投石機での攻撃は諦《あきら》め、兵士たちの被害を最小限にする必要がある。

その時、微かに、カンカン、という警鐘の音が皆の耳に入った。

「む、何だこの音は⁉　どこで鳴っている⁉」

ヴォラスが再び、物見櫓の兵士に叫ぶ。

兵士は音の所在を確かめようと、周囲を見渡す。

「こ、後方の軍団要塞《ようさい》からです！　第６軍団の軍団要塞からの警鐘です！」

「第6軍団の……？　襲撃を受けているのか⁉」

「分かりません！　しかし、火の手は上がってはおりません！　敵の軍勢も、ここからは見えません！」

兵士がヴォラスに叫ぶ。

第6軍団の軍団要塞は戦場からかなり離れた位置にあり、今は兵士がほとんど残っていないはずだ。

それは他の軍団要塞も同様なのだが、警鐘が鳴っているということは襲撃を受けているのだろう。

この決戦のさなかにそんなところを襲撃するとは、アルカディア軍は何を考えているのだろうか。

「敵はこちらの兵糧を狙っているのでは？」

エイヴァーがヴォラスに言う。

「うむ。軍団要塞を狙うとしたらそれしか理由はないはずだが、あそこに兵糧はほとんどないぞ。連中め、今頃アテが外れて狼狽《ろうばい》しているのではないか？」

11年前の戦いの折、バルベール軍はジルコニア率いる便衣兵（一般市民に偽装した兵士のこと）に軍団要塞に潜入され、兵糧の大半を焼き払われたことがあった。

その経験から、兵糧はもっとも防備が堅い軍団中央部に置き、さらには一カ所にまとめず、何カ所かに分散して配置させていた。

「ヴォラス殿、救援の兵を出しましょう」

エイヴァーがヴォラスに進言する。

「間に合うとも思えんが……まあ、残っている兵士が足止めに成功するかもしれんか」

「はい。味方の士気のためにも、救援部隊を送る振る舞いは見せるべきです」

「そうだな」

ヴォラスが近場の兵士に、騎兵隊を向かわせるよう指示を出す。

そうしている間にも、アルカディア陣地から火炎弾やカノン砲に加えて火矢までが打ち出され始めた。

猛烈な射撃を行う敵軍に、ヴォラスが顔を歪《ゆが》める。

今頃、前線は地獄だろう。

「くそ、カイレンめ。あいつの勝手な行動さえなければ、こんなことにはならなかったのだ!」

「そのような言葉は控えたほうがよいかと。民衆は、彼の味方ですぞ」

憎々し気に言葉を吐くヴォラスを、エイヴァーが諫める。

「分かっているが、言わずにおれんのだ! くそ、奴の軍団を配置換えさえしなければ! エイヴァー執政官、配置換えを提言した貴殿にも、責任の一端はあるのだぞ!」

「あの時は、歴戦の彼の軍団をアルカディアの地に慣れさせる必要があったのです。ヴォラス殿も納得したうえでのことではないですか」

「ぐ……あとたった4年、機が熟すのを待つだけだったというのに……うぐ」

「ヴォラス執政官？　おい、胃薬を持ってこい！」

腹を押さえて呻《うめ》くヴォラスの背に、エイヴァーが手をかける。

ここ最近、ヴォラスはずっとこんな調子だ。

――砦は簡単に落とせるものだと思っていたが、これは、どうなるか分からないな。カイレン、どうするつもりだ？

呻くヴォラスをじっと見つめながら、エイヴァーは内心独り言《ひとりご》ちるのだった。


その頃、ジルコニアは仲間に手を引かれ、軍団要塞のなかを走っていた。

全速力に近い速度で走っているにもかかわらず、体の感覚がまったく感じられない。

自分はいったい、何をしているのだろう。

積年の恨みをようやく果たすことができたというのに、まったく気分は晴れていない。

ただただ、途方もない虚しさが残っただけだ。

あのアーシャという娘の憤怒の形相と、彼女が叫んでいた言葉が、頭にこびりついて離れない。

半ば引きずられるようにして足を動かしているジルコニアに、手を引いている壮年の男の志願兵が叫ぶ。

「ジルコニア様！」

ジルコニアは顔を上げ、彼を見た。

「今は余計なことを考える時ではありません！　しっかりしてください！」

ジルコニアが虚《うつ》ろな表情で彼を見つめる。

「……うん。ごめんなさい。自分で走れるから、手を離して」

消え入るような声でそう答え、再びうつむいてしまうジルコニア。

彼は戸惑《とまど》った様子ながらも、それ以上は何も言わずにジルコニアの手を離した。

「このまま要塞を出て森に逃げるぞ！　全員、離れるな！」

ジルコニアに代わって彼が皆に指示を出し、そのまま軍団要塞内を走り抜ける。

しばらく走り、自分たちが侵入した要塞の出入口へとやってきた。

途中、敵兵を何人か見かけたが、誰一人としてジルコニアたちに向かってはこなかった。

それどころか、誰も彼もが怯《おび》えた表情をし、なかには悲鳴を上げて逃げ惑う者すらいた。

「ジルコニア様！」

まったく妨害を受けずにジルコニアたちが軍団要塞の外へと飛び出した時。

暗闇《くらやみ》の中から、完全武装のアイザックとハベル、その後ろから複数のグリセア村の村人たちが駆け寄ってきた。

皆、ジルコニアの姿を見てほっとした表情をしている。

「ジルコニア様、お怪我《けが》はありませんか？」

虚ろな表情で走り続けるジルコニアに並走しながら、アイザックが尋ねる。

ジルコニアは少しだけ顔を上げてアイザックを見ると、再び視線を落とした。

「……ない」

ぼそりとつぶやくジルコニア。

アイザックはそんな彼女に戸惑った様子ながらも、再び口を開く。

「カズラ様が森でお待ちです」

アイザックの言葉に、ジルコニアの顔が強張《こわば》る。

その時、砦の方角から、カノン砲の砲撃音が響き渡った。

ジルコニアがその方向に目を向けると、もうもうと立ち上る複数の黒煙と、その地点を真っ赤に照らす紅蓮の炎が見て取れた。

どうやら、火炎弾がいくつも投擲《とうてき》されているようだ。

ジルコニアたちは思わず足を止め、その光景に見入ってしまう。

そうしている間にも、大きな爆発音が連続で響き、真っ赤な炎とともに黒煙がいくつも立ち上った。

小さな爆発音も立て続けに起きており、微かながら悲鳴や叫び声まで聞こえてくる。

「カズラ様の指示で、こちらの軍勢は敵に全面攻勢をかけています。全砲撃兵器を撃ちまくり、手投げ爆弾も全部隊に使用指示が出ました。ジルコニア様の下へ敵を向かわせないためにです」

唖然とした表情になっているジルコニアに、ハベルが静かに言う。

「……」

「ジルコニア様。カズラ様は激怒していると思います。くれぐれも、お会いした際はお言葉にお気をつけください」

「……うん」

「行きましょう」

ハベルにうながされ、再び皆が森へと向かって走り出す。

しばらく走ると、森の中に明かりを見つけた。

すると森の中から、一良《かずら》がバレッタ、リーゼ、そして数十人の近衛兵たちとともに駆け寄ってきた。

「お母様！」

その脚力で真っ先にジルコニアに駆け寄ったリーゼが、彼女の腕を掴む。

「よくぞご無事で！　どうして、あんな――」

「ジルコニアさん！」

続けて駆け寄った一良《かずら》が、ジルコニアの肩を掴む。

その勢いに、リーゼは慌てて一歩下がった。

ジルコニアはびくっと体をすくめ、彼を見る。

「無事でしたか！　って、この血は⁉　怪我したんですか⁉」

全身血塗れのジルコニアの姿に、一良《かずら》がぎょっとした顔になる。

「い、いいえ。これは、返り血です」

「返り血……」

一良《かずら》が言い、ちらりと彼女の背後に控えている志願兵のなかの１人に目を向けた。

リーゼたちは気づいていないようだが、その志願兵は生首を小脇に抱えていた。

やはりそういうことか、と一良《かずら》は頭のなかでつぶやき、深く息を吐いた。

表情を強張らせて視線を落としているジルコニアに、泣き笑いのような表情を向ける。

「……そっか。無事でよかった」

「え……」

その柔らかい声色に、ジルコニアが再び一良《かずら》を見る。

一良《かずら》はそんな彼女に微笑むと、背後の兵士たちに目を向けた。

「皆に帰りましょう。皆さん、ラタをお願いします」

「はっ！」

一良《かずら》の指示を受け、近衛兵たちが森へと手を振る。

すると、森の中で待機していた兵士たちが、ラタを連れてこちらに向かってくるのが見えた。

「あ、あの、わ、私――」

「いいんです」

何か言わねばと口を開くジルコニアに、一良《かずら》が微笑む。

「ジルコニアさんが無事なだけで、十分です。よく無事に、戻って来てくれましたね」

一良《かずら》はそう言って、ジルコニアの頭に手を伸ばす。

まるで親が我が子にするかのように、よしよしと優しく撫《な》でた。

「ずっと、つらかったですね。帰ったら、ゆっくり休んでください。何も心配はいりませんから」

「あ……」

つうっとジルコニアの瞳《ひとみ》から涙が流れ、強張っていたその表情がみるみるうちに崩れていく。

「あ、あああっ！　わ、私っ……うあああ！」

ジルコニアが一良《かずら》にすがりつき、ぼろぼろと涙を流して大声で泣きじゃくる。

一良《かずら》はそんな彼女を抱き締めると、その頭を優しく撫でるのだった。

その頃。

砦の弾薬庫では、何人もの兵士たちがばたばたと走り回っていた。

そこかしこで、ガソリンの入ったドラム缶を運び出す兵士や、手投げ爆弾を両手で抱えて北の防壁へと走る兵士の姿が見られる。

突如下された命令により、当初予定されていたよりもはるかに多い量の弾薬や火炎弾を運び出すことになったのだ。

「な、なあ。こんなに一度に使っちまって大丈夫なのか？」

弾薬庫から火薬の詰まった木箱を運び出した兵士が、それを荷車へと載せながら相方の兵士に尋ねる。

「これ、あんまり補充は利かねえんだろ？　戦いが何カ月続くか分からないってのに、たった一回の戦闘でこんなに使っちまったら……」

「んなこと言ったって仕方がないだろ。今回の敵の攻勢が、本腰を入れたものだってナルソン様が判断したんじゃないのか？」

「マジかよ……ってことは、敵さん、今夜ケリをつけるつもりなのか」

「かもな。まあ、それならそれで好都合だろ」

相方の兵士が、どすん、と荷車に木箱を載せながら、自信ありげな表情を浮かべて言う。

「この砦を取り返した時、お前も新兵器の威力は見ただろ？　敵が全力で来てくれるんなら、まとめてドカンだよ」

「ま、まあ、確かにそうか。固まって進んでくる連中の中に、あれを投げ入れたら……」

そう言って、２人は少し離れた場所でドラム缶を荷車に載せている兵士たちを見やる。

砦で見た火炎弾の威力は、言葉では言い表せないほどにとんでもないものだった。

いくらバルベールの兵士たちが精強であろうとも、防御塔がまるごと大炎上するほどの威力の火炎弾を食らってはひとたまりもないだろう。

今頃、前線の敵兵たちは地獄を見ているはずだ。

「おーい！　手伝いに来たぞ！」

２人が話していると、見知った顔の兵士が駆け寄ってきた。

「あれ？　ウッド、お前重装歩兵だろ。何でこんなとこにいるんだ？」

駆け寄ってきたウッドベルに、兵士たちが怪訝な顔を向ける。

しばらく前から、ウッドベルはちょくちょく弾薬庫にやってきていて、兵士たちにあれこれ差し入れをしては雑談していっていた。

彼曰く、「メルフィの父親である未来のお義父さんと親睦を深めるため」とのことだったのだが、肝心のお義父さんに見つかると「サボってるんじゃない！」と怒鳴りつけられて追い返されていた。

そうやって怒鳴られてもウッドベルはめげずに、何度もやって来ては、お義父さん、お義父さん、と彼に愛想を振りまいていた。

そのおかげか、最近では以前よりも当たりは柔らかくなっているようだ。

「いや、俺、防塁《ぼうるい》掘りで手を痛めちゃってさ。まだ槍《やり》がまともに持てないんだよ。それで、こっちの手伝いに回されたんだ」

「うへぇ。なんつータイミングで、お前って奴は……」

「隊長（メルフィの父親）に見つかったら、また叱られるぞ？　こっちはいいから、他の手伝いに回ったほうがいいんじゃないか？」

こそこそと背後を気にしながら言う兵士たちに、ウッドベルが苦笑を向ける。

「んなこと言ったって、指示されたのがこの場所なんだよ。命令無視ってわけにはいかないだろ」

「いや、それでも隊長に見つかったら――」

「おい！　そこのお前ら、何をしている！　さっさと動け！」

兵士の１人が言いかけた時、弾薬庫から木箱を抱えて出てきた壮年の兵士が彼らに怒鳴った。

「もたもたするんじゃない！　前線では――」

「あっ、お義父さん！」

怒鳴る兵士に、ウッドベルが手を振る。

彼の彼女、メルフィの父親だ。

「ん？　ウッドベルか？　何でここにいるんだ？」

「手首がまだ治ってなくて、こっちの手伝いに回されました！」

その言葉にメルフィの父親は一瞬ほっとした顔になったが、すぐに表情を引き締めた。

「……そうか。よし、こっちに来い！」

「はいっ！」

ウッドベルが元気に返事をし、彼の下へ駆け寄る。

彼は兵士たちに目を向けた。

「お前らは、早く火薬箱を防壁へ運べ！」

「「はっ！」」

兵士たちは背筋を伸ばして返事をすると、1人ずつ荷車を引いて大急ぎで北の防壁へと駆けて行った。

傍に来たウッドベルに、メルフィの父親が目を向ける。

「人手が足らなくてどうにもならなかったところだ。ウッドベル、火薬箱を運び出すのを手伝え」

「了解です！」

彼に連れられて、ウッドベルが弾薬庫の中に入る。

ウッドベルが弾薬庫内を見渡し、「へぇ」と声を漏らす。

中では複数の兵士たちが、床に積み上げられた火薬や砲弾入りの木箱を抱えては外に運び出していた。

「ウッドベル、手首はそんなに悪いのか？」

木箱へと歩み寄りながら、メルフィの父親がウッドベルに言う。

「ええ。どうにも痛みが引かなくて。腫れたりはしていないんですけど、筋をやっちゃってるみたいなんです」

「そうか。木箱は持てそうか？」

「槍を使うみたいな捻る動きをしなけりゃ大丈夫っす！」

「分かった。ここにある火薬と砲弾を、ありったけ防壁に運べという指示が出ている。荷車に積んだら、お前が防壁へ運べ」

「はい！」

「よし、そっちを持ってくれ」

2人で協力して、木箱を持ち上げる。

中身は砲弾のようで、かなりの重量だ。

「重いぞ。気をつけろよ」

「大丈夫です！」

えっちらおっちらと木箱を荷車へと運び、どすん、と荷台に載せる。

次の木箱を取りにウッドベルが向かおうとすると、メルフィの父親がその肩にぽんと手を置いた。

「その手首、しばらくは治りそうにないな?」

「え?」

真剣な表情でじっと目を見つめられ、ウッドベルがきょとんとした顔になる。

そして、にかっと笑った。

「そうっすね! どうにも痛みが引かなくて。はは」

「そうか。後で私のほうから、こっちの隊への配置換えの申請を出しておく」

「分かりました! お義父さん!」

ゴン、とメルフィの父親がウッドベルの頭をどつく。

「調子に乗るな。バカ者が」

「へへっ、すんません」

そうして次々に荷車に木箱を載せる。

ある程度木箱を積んだところで、メルフィの父親がウッドベルの背を叩いた。

「よし、急いで持っていけ! 置いたらすぐに戻ってこいよ!」

「はい! んじゃ、また後で!」

ウッドベルは荷車を引き、北の防壁へと向けて駆け出した。

「おい、ウッド！」

防壁へと向かって荷車を引くウッドベルに向かって、空になった荷車を引く兵士が正面からやって来た。

先ほど弾薬庫で別れた兵士たちとは別の兵士だ。

「すれ違った奴に聞いて驚いたけど、お前、マジでこっちに回されてたのか！」

「ああ、手首が治らなくて……わ、わわっ⁉」

「お、おいっ⁉」

ウッドベルがふらつき、目前に来た兵士の荷車に自身の荷車の車輪をぶつけてしまう。

その衝撃で、荷車に積まれていた木箱のいくつかが地面に落ちて中身をぶちまけてしまった。

木箱のフタが外れ、火薬の詰まった布袋がいくつも地面に飛び出した。

布袋のいくつかは装填用に小分けにされており、こちらの世界の言語で〇〇メートル用と記載されている。

メートルはこちらの世界では使われていない単位だが、軍事コンパスで計算する必要もあるため、射撃手たちはバレッタから指導を受けていた。

兵士もウッドベルも、荷車に巻き込まれるようにして転倒した。

「い、いてて……何やってんだバカっ！」

「ごめん！　怪我はないか⁉」

「いいから、早く拾え！」

　地面に落ちたそれらを、２人は大急ぎで木箱に戻す。

　その間にも、行く手からはカノン砲の砲撃音や、火炎弾の爆発音、手投げ爆弾の炸裂音が断続的に響き渡る。

「なあ、前線はすごいことになってるみたいだけど、戦況はどうなんだ？」

　ウッドベルが布袋を拾いながら、兵士に話しかける。

「もう滅茶苦茶だよ」

　兵士が必死に布袋を拾い集めながら、顎から汗を滴らせて答える。

「近づいてくる敵の歩兵部隊に、カノン砲とカタパルトとスコーピオンがやたらめったら撃ちまくってるんだ。しかも、その直後に防御陣地に籠ってたこっちの歩兵が全部飛び出して、全面攻勢をかけた。敵も味方もしっちゃかめっちゃかだよ」

「マジか。こっちが押してるのか？」

「たぶんな。敵兵が何十人も火達磨になってたし、あちこちからものすごい悲鳴が上がってたぞ」

「うげ、矢とか剣で死ぬならともかく、焼け死ぬなんて絶対嫌だわ……いてて」

　ウッドベルが手首を押さえて、その場に蹲る。

「どうした？」

「今ので、痛めてた手首を捻っちまったらしい……悪いんだけど、これ、お願いできるか？」

ウッドベルが木箱の積みあがった荷車を見る。

「ったくお前って奴は……じゃあ、これは俺が持っていくから、お前は隊長のとこ手伝ってこいよ。空の荷車だったら運べるだろ？」

「ああ。ほんとごめん」

「いいって。後で一杯奢れよ！」

兵士はそう言うと、ウッドベルの荷車を引いて防壁へと駆けて行った。

ウッドベルはそれを見送り、ふう、と息をつく。

「……さて、行くとしますかね」

空の荷車をそのままに、ウッドベルは走り出した。

大勢の兵士や使用人たちが慌てた様子で行き交うなか、一直線に厩《うまや》へと向かう。

「……あいつ」

走りながら、ちらりと建ち並ぶ家の屋根を見る。

しかしすぐに視線を前に戻し、ウッドベルは走り続けた。

数分走って厩にたどり着き、数名いる厩番のなかの１人に駆け寄った。

「ポルソ！」

「あっ、ウッドさん！」

ポルソと呼ばれた若者が、緊張した様子でウッドベルを見る。

ウッドベルは一介の厩番であった彼の下に、日頃からちょくちょく顔を出しては雑談をしたり、食事を奢ったりして親交を深めていた。

他の厩番にもそれは同様で、下働きの者たちとウッドベルは大の仲良しだ。

「出撃命令ですか⁉」

「ああ、すぐに行けって命令だ。１頭出してくれ」

「はい！」

ポルソが頷き、馬留からラタを１頭外してウッドベルの下へと連れてくる。

「ウッドさん、腕は大丈夫なんですか？」

手綱を引いてウッドベルの前にラタを歩かせながら、ポルソが言う。

「ああ、なんとかな。槍とか剣を振り回すのは無理だけど」

「そうですか……でも、そのおかげで重装歩兵から斥候に配置換えになったんでしょう？　こう言ってはなんですけど、よかったですね」

「はは。まあ、そうだな。斥候なら死なずに済むかもしれないし」

ウッドベルが鐙《あぶみ》に足をかけ、ラタに跨る。

「ウッドさん、絶対に無理はしないでくださいね。死んだら何にもならないんですから」

ポルソが心配げな目をウッドベルに向ける。

ウッドベルは、ポルソに明るい笑みを向けた。

「大丈夫だって。ちゃちゃっと行って、すたこら帰って来るからさ」

「ウッドさん、今度は俺らがウッドさんに酒奢りますから！」

「生きて帰ってきてくださいよ！　絶対ですよ！」

近くにいる他の厩番たちが、ウッドベルに大声で呼びかける。

「ああ、楽しみにしてるよ！　じゃあな！」

ウッドベルがラタの腹を蹴《け》り、ラタを走らせる。

彼は一目散に西門へと向かってラタを走らせながら、ちらりと斜め後方に目をやった。

「……マジか。あいつ、どうなってんだよ」

ウッドベルは顔をしかめ、そのままラタを走らせる。

そうしてしばらく走り、納骨堂の前にやってきた。

ラタを下り、重い木の扉を開けて中へと入る。

扉を閉め、すたすたと中央にまで進んだ。

石造りの納骨堂はしんと静まり返っており、外から響く炸裂音や叫び声はかなり小さく聞こえる。

ウッドベルは立ち止まると、右手側にある窓を見上げた。

「で？　どうして俺の後をつけて来てるんだ？」

高所にある窓に向かい、ウッドベルが話しかける。

月明かりを背にして、小さな影がウッドベルを見下ろしていた。

「おー、おー。そんな物騒なもん手にしちゃって。そんなもの、子供が持っていいもんじゃねえぞ。それ捨てて降りて来いって」

「……」

窓にいた人物、コルツはウッドベルをじっと見つめていたが、ぴょんと窓から跳んだ。

軽やかな足取りで、石造りの床に降り立つ。

どこから盗んできたのか、その手には長剣の入った鞘を持っていた。

「うわ、あんな高いところから簡単に飛び降りるなんて、お前すげえなぁ。さっきも屋根伝いにラタに追い付いてきてたし――」

「どうして」

コルツに言葉をさえぎられ、ウッドベルが口を閉ざす。

「どうして、火薬袋を盗んだの？」

コルツが泣きそうな目で、ウッドベルを真っすぐに見る。

ウッドベルは困った顔で、コルツを見た。

「はあ？　そんなもの、盗んでないって」

「嘘、つかないでよ。荷車をぶつけて転んだのも、わざとでしょ？　その時に布袋を拾ってポケットに入れたの、俺、見てたもん」

「……」

「それ、返してきてよ。俺、誰にも言わないから」

「うーん……」

ウッドベルが頭を掻く。

「あのさ、何を勘違いしてるのか知らないけど、俺は何もやっちゃいねえよ。そんな目で見るなって」

「なら、ズボンの左ポケットに入ってる物、出してみてよ」

「あのなぁ……だから俺は──」

「この国の人たちは、ここを『骸《むくろ》の丘』なんて呼ばないよ」

険しい表情で、コルツがウッドベルの言葉をさえぎる。

「ウッドさん、ここの地下に俺を探しに来た時、言ってたよね？　『骸の丘だなんてよく言ったもんだ』って。この国の人は、誰もそんな呼びかたなんてしない。ここは『英雄の丘』だよ。俺の村の人も、イステリアの兵士さんたちも、皆そう呼んでた」

「……そりゃあ、前の戦いでここは死体だらけになったんだから、そう呼ばれてもおかしくないだろ。俺も他の連中が話してるのを小耳に挟んだだけだって」

「そっか。それとさ、メル姉ちゃんが持ってた無線機だけど、あれ、ニィナ姉ちゃんの部屋から盗ってきたものだよね？」

「……」

「食事棟でウッドさんたちと話した後、俺、メル姉ちゃんの後をつけたんだよ。そしたら、メル姉ちゃん、ニィナ姉ちゃんの部屋に入っていったんだ。それで、その後――」

「だからさ、勘違いだって」

ウッドベルが苦笑する。

「まるで泥棒扱いだな。酷《ひど》い言いがかりだぞ」

「で、でも、それならなんで無線機をメル姉ちゃんに盗ませたんだよ？　メル姉ちゃん、無線係なんてやってないじゃないか！　火薬袋だって、どうしてポケットに入れたんだよ！」

「メルフィにそんなことさせてないし、火薬だって盗んじゃいないよ。そんなに疑うなら、俺のポケットを調べてみろよ。何も入っちゃいないから」

「……」

「ほら、俺も忙しいんだよ。さっさとしろって」

ウッドベルに急かされ、コルツが険しい表情で歩み寄る。

ウッドベルまで1メートルの距離にコルツが近づいた時、コルツは突如全身に悪寒が走り、反射的に後ろに跳んだ。

ギッ、という音とともに、焼けつくような痛みがコルツの鼻に走る。

ウッドベルは振り抜いた剣を手に、驚いた顔でコルツを見ていた。

「うわ⁉　普通、今の避けるか？　お前すげえなぁ」

ウッドベルが感心したように言いながら、ゆっくりとコルツに歩み寄る。

コルツは鼻の頭から血を滴らせ、震える足で後ずさる。

鼻の骨に走る猛烈な痛みと、胸が締め付けられるような苦しさで涙が滲む。

「あ、ウ、ウッドさん……」

「ったく、めんどくせぇな。こんなガキに気づかれるなんて、俺もヤキが回ったかな」

ウッドベルが足を進めながら、コルツに言う。

コルツは後ずさりしつつ、彼の顔を見た。

ウッドベルの表情はいつもと同じ温かみに満ちたものだったが、その目はまったく笑っていない。

「ほら、じっとしてろって。友達のよしみで、一発で終わらせてやるからさ」

「ウッドさん！」

コルツが叫ぶと同時に、ウッドベルが大きく踏み込んで剣を横なぎに振るった。

コルツは真横に跳んでそれを避け、ゴロゴロと床を転がる。

「あーもー、ちょこまかすんな。さっさと死んでくれって。これを持って帰れば、俺は大金持ちになれるんだよ」

ウッドベルがズボンの左ポケットをぽんと叩く。

「っ、なんでだよっ！」

コルツが仰向けに這って後ずさりながら、ウッドベルに叫ぶ。

「どうしてこんなことするんだよっ⁉　あんなに、俺とも、シア姉ちゃんとも、メル姉ちゃんとも仲良くしてたじゃないかっ！」

「んなこと言ったって、これが仕事だからなぁ」

ウッドベルが頭を掻く。

「ナルソンは警備がきつくて近寄れないし、バレッタって女はどうもヤバい感じがして丸め込むのは無理そうだしさ。遠くの奴と話せる道具も、あれからは一度も盗み出せなかったし。結局、お前も何も教えてくれなかったしな。副任務だけど、これだけでも十分報酬《ほうしゅう》は出るだろ」

「……やっぱり、そうだったんだ」

コルツがうつむく。

鼻から流れる鮮血が顎を伝い、ぽたぽたと石の床に落ちた。

「酷いよ……父ちゃんと母ちゃんに連絡するためって言ってたのも、全部俺を騙すためだったんだね」

「当たり前だろ。それ以外に、俺に何の利点があるってんだよ」

　ウッドベルはコルツが潜伏している地下納骨堂に食事を運ぶたび、無線機についてあれこれ聞き出そうとしていた。

　コルツはそのたびに「分からない、知らない」と答えていた。

　詳しくは使い方を知らないというのもあるが、ウッドベルを疑っていたので何も答えなかったのだ。

「メル姉ちゃんと……結婚するんじゃ、なかったの？」

「うわ、お前、そんなことまで聞いてやがったのか。ずっと俺の後つけてたのかよ？」

　ウッドベルが面倒くさそうに言う。

「まあ、メルフィちゃんはあっちの具合は良かったけどさ。彼氏に言われたからって簡単に盗みを働くようなポンコツだからなぁ。俺はパスだわ」

「……」

「ったく、ガキだと思って甘く見すぎたな。こんなに頭が回るなら、普段からもっと賢そうな振る舞いしとけっての。面倒くせえ」

　コルツがウッドベルを睨《にら》みつけ、立ち上がった。

　剣の柄を右手で握り、すらりと鞘から抜く。

　両手で剣を持ち直し、以前黒い女性に教えてもらった、両手持ちの形を構えた。

「ん？　何だその古臭い構えは。俺が教えたとおりに構えてみろって。稽古つけてやるからさ」

「嫌だ」

柄を握る両手にぐっと力を込め、コルッが言い切る。

「きっと、この時のためにお姉ちゃんは俺に剣を教えてくれたんだ」

「お姉ちゃん？　誰のことだ？」

「オルマシオール様だよ」

コルッが答えると、ウッドベルは馬鹿にしたような顔になった。

「アホか。神様なんて、この世にはいねえよ」

「ウッドさんが知らないだけで、本当にいるよ。オルマシオール様は、本物だもん」

コルッがウッドベルを睨みつける。

「ウッドさんを、降参させる。皆に謝ってもらうから」

「……クソガキが。死んどけ」

ウッドベルが踏み込み、右手に持った剣で袈裟懸けにコルッに斬りつける。

コルッはそれを、正面から受け止めた。

ガギンッ、という音とともに火花が散る。

剣戟を受けた体勢で踏みとどまっているコルッに、ウッドベルの目が驚愕《きょうがく》に染まる。

コルッは左手を柄から離し、剣を持つウッドベルの右手に手を伸ばした。

ウッドベルが慌てて手を引っ込め、後方に跳ぶ。

「あああっ！」

コルツがウッドベルを追って突進し、大上段から剣を振り下ろす。

「ぐっ⁉」

予想外の速さの攻撃に、ウッドベルが慌ててそれを剣で受ける。

本当ならばウッドベルはそれを受け流して反撃するつもりだったのだが、まるで大男が振ったような威力の斬撃にそれは叶わず、がくんと腕が押し込まれる。

コルツはまたもや左手を柄から離し、ウッドベルの腕へと手を伸ばした。

ウッドベルは身をよじってそれを避け、左足で蹴りを放つ。

コルツはぱっと後ろへ2メートル近くも跳んで、それを避けた。

「お、お前……」

「降参、してよ」

唖然とした顔のウッドベルに、コルツが震える声で言う。

「何だよ、その怪力は。俺と稽古してた時は、そんな力は一度も――」

「降参してよ。それで、皆にちゃんと謝って。許してもらえるように、俺も一緒に謝るから」

「……分かった、分かったよ。降参だ」

ウッドベルがため息をつき、自分の少し前に長剣を放った。

ガラン、と転がるその剣にコルツが目を向けた瞬間、目の前に銀色の光が迫った。

コルツが反射的に首を捻って投擲された短剣を避けた次の瞬間、猛烈な勢いで迫ったウッドベルがコルツの腹に蹴りを入れた。

「げぼっ⁉」

鳩尾にモロにそれを食らったコルツが、数メートル吹き飛んで壁際まで転がる。

ウッドベルはすぐさま剣を拾い、倒れ込んで呻いているコルツに駆け寄って突きを放った。

コルツは嘔吐しながらも、床を背にした体勢で剣を突き出し、ギャリッと剣の腹でそれを受けて軌道を逸らす。

剣先が石の床に激突して鈍い音を立て、ウッドベルがすぐさまそれを引き戻す。

「ちっ、化け物かてめえは！」

ウッドベルは剣を両手で持ち直し、力任せに倒れているコルツに叩きつけた。

コルツが掲げた剣がそれにぶつかり、火花が散る。

ウッドベルはそのまま、全体重をかけて重なった刃を押し込む。

ギリギリと少しずつ、鈍く光る刃がコルツの顔に迫った。

「ウッド、さ……やめ、て……」

「こ、の、や、ろ……！」

ウッドベルが歯を食いしばり、剣を押し込む。

殺意に満ちた彼の目と、縋《すが》るような表情のコルツの目が十数センチの距離で交わる。

あと数ミリでコルツの顔に剣の刃が触れる寸前、コルツはウッドベルの腹を蹴り上げた。

うっ、とウッドベルが呻き、わずかに力が弱まる。

「あああああっ！」

コルツが渾身の力で、剣を振り払った。

ザクッ、と嫌な感触が、コルツの手に伝わる。

「あ……がっ……」

ウッドベルの首からシュウッと音を立てて血が噴き出し、コルツの顔にかかる。

ウッドベルは剣を手放して両手で首を押さえ、どさりとコルツの隣に倒れ込んだ。

「げほっ、げほっ！　ウッドさん！」

コルツが身を起こし、ウッドベルに這い寄る。

血が噴き出す首を押さえてのたうち回る彼の姿に、コルツは慌てて自身の服の袖《そで》を引き千切った。

「ウッドさん！　これで押さえて！　すぐに誰か呼んで――」

ウッドベルの首にそれを押し当ててコルツが言った時、コルツの左腕に衝撃と激痛が走った。

えっ、とコルツがそこに目を向ける。

床に落ちていた短剣を拾ったウッドベルが、コルツの左の二の腕に深々とその刃を突き立てていた。

「死……ね……クソ、ガキ」

ウッドベルがぐっと力を込め、短剣を捻じる。

二の腕に深く食い込んだ刃がバキバキと骨を砕く音が響き、コルツの腕から血が流れた。

コルツはされるがまま、呆然とした顔でウッドベルの顔に目を戻す。

憎しみに染まった彼の目と視線が交わってすぐ、ウッドベルの手から力が抜けた。

どさり、とその手が床に落ち、彼の目から光が消える。

「……っ、うぅっ……あああっ！」

コルツが顔をくしゃくしゃに歪め、慟哭する。

「どうしてだよ……なんでっ、ウッドさんっ……」

ウッドベルの亡骸に目を落とし、コルツが泣きじゃくる。

数分して、コルツはふらふらと立ち上がった。

這うような足取りで、納骨堂の出口へと向かう。

そして扉に無事な右手をかけた途端、その足から力が抜け、扉にもたれかかるようにして倒れ込んだ。


その頃、北の防御陣地では、ナルソンがラタに跨り、地獄絵図と化した前線を見つめていた。

陣地を出て前進している味方の重装歩兵部隊が、長槍を手に敵前衛と白兵戦に突入している。

あちこちでオレンジ色の火の手が上がっており、もうもうたる黒煙が辺りに充満していた。

折しも風向きは追い風であり、後方から来る敵兵は煙に巻かれている様子だ。

味方歩兵の頭上を飛び越えて、無数の火矢が雨あられと敵兵へと襲い掛かっている。

さらには味方陣地に設置された無数のスコーピオンが、敵部隊の中心を狙って滅茶苦茶に撃ちまくっていた。

「こちらナルソン。カタパルト部隊へ通達。火炎弾をできるだけ遠くに、均等な間隔で一斉射撃しろ。敵の中央と前線を遮断する。残弾はいくつだ？　どうぞ」

ナルソンが無線機の送信ボタンを押し、冷静な声で語りかける。

『カタパルト部隊了解。各班の残弾、6発です。どうぞ』

「あと3発撃て。その後は石弾に切り替えて、敵前衛部隊の後部を狙え。どうぞ」

『了解しました』

「カノン砲部隊、敵のバリスタがまだ多数残っているぞ。破壊は難しいか？　どうぞ」

『こちらカノン砲部隊。敵の移動防壁が邪魔で、有効弾を与えるのは難しいです。どうぞ』

バルベール軍のバリスタは後方から援護射撃を行っており、こちらの前線部隊に少なくない被害を与えている。

しかし再装填に時間がかかるようで、数分ごとに射撃を行っていた。

何とか破壊しようとカノン砲で砲撃を加えているのだが、バリスタは移動防壁の隙間から射撃しているため、思うように破壊できずにいた。

「了解した。いったん射撃を中止しろ。カタパルト部隊の攻撃を待って、炎上していない部分から前線に向かってくる敵部隊が現れたら狙い撃て。斉射ではなく、各隊の任意射撃で構わん。どうぞ』

『了解。個別に射撃を行います』

『こちら王都第2軍団サッコルト。中央の敵軍が崩れ始めたぞ。突撃による追撃許可を乞う。どうぞ』

サッコルトからの無線に、ナルソンが彼の軍団のいる中央最前線に目を向ける。

敵は徐々に後退を始めていて、明らかにこちらが押していた。

サッコルトの部隊の長槍兵が一糸乱れぬ動きで敵を突き崩しているのだが、長槍兵が戦っているにもかかわらず、どういうわけかそのすぐ後方にいるクロスボウ兵が敵の最前列の兵士に矢を撃ちまくっていた。

敵前衛は長槍と至近距離からの矢を受けて対処しきれず、すさまじい勢いで死傷者を出している様子だ。

何だあれは、とナルソンが暗視スコープを向ける。

長槍兵の後ろにいるクロスボウ兵たちは、仲間の膝の上に乗って高所から射撃を行っているようだった。

膝に乗っている者の両膝を下の者が両手で支えて固定する、日本の運動会などで見られる「サボテン」のかたちだ。

膝に乗っている者を正面から1人が支えて補助し、1人が装填してもう1人が射撃している兵士に装填済みのクロスボウを渡している。

疲れたら配置を交代し、効率的な射撃を行っているようだ。

「ふむ。あんな戦法もあるのか。サッチー殿、なかなかやるではないか」

ナルソンが感心してつぶやき、無線機の送信ボタンを押す。

「こちらナルソン。3発目の火炎弾が着弾してから総攻撃をかけるゆえ、現状を維持せよ。突撃指示はこちらから出す。どうぞ」

『了解した。11年前の雪辱だ。皆殺しにしてくれようぞ！』

『こちらクレイラッツ第一軍団です。カーネリアン様から、軽歩兵による側面攻撃のご提案が出ております。どうぞ』

「こちらナルソン。今は現状維持を……いや、そちらの右側に敵騎兵の大部隊が接近中だ。それに備えるように伝えろ。どうぞ」

『了解です！』

ナルソンが次々にあちこちの部隊に指示を出す。

丘の陣地にいるナルソンからは戦場全域が丸見えなうえに、無線機のおかげでタイムラグなしで的確な指示が出せている。

バルベール軍からしてみれば、どう攻撃を仕掛けてもアルカディア軍は即座に反応してまったく隙を見せないので、意味が分からないはずだ。

「ナルソン様！　ジルコニア様が砦に戻られました！」

指揮を執るナルソンに、ラタに跨った伝令が駆け寄る。

ナルソンは先ほど一良《かずら》から無線で連絡を受けていたため、ジルコニアの無事は承知済みだ。

「うむ。ジルたちは首を持ち帰ったか？」

すでに知っている情報を、ナルソンがあえて尋ねる。

「はい。1人が持っておりました」

「そうか。計画どおり、軍団要塞に残っていた敵将を打ち取ったようだな」

ナルソンが言うと、伝令と周囲にいる兵士たちが「おお」と驚きと喜びの混じった声を漏らした。

実際は、軍団要塞への奇襲はジルコニアによる独断専行だ。

しかし、ナルソンはそれをジルコニア率いる精鋭部隊による極秘の奇襲作戦として、味方に通達することにしていた。

バルベールとの決戦の最中に、ジルコニアが私怨で独断専行を行ったという話が広まるのは非常にまずいからだ。

「ジルは自分の軍団に戻ったのか？」

「それが、かなりお疲れとのことで。宿舎に戻って休まれるようです」

「……そうか。ジルの軍に、今私が言ったことを伝えて回ってこい。いつの間にか司令官が影武者になっていて、兵たちは困惑しているだろう。指揮は引き続き、マクレガーに執らせる」

「了解しましたっ！」

伝令が元気に返事をし、ラタの腹を蹴り駆け出して行く。

その時、味方の陣地から一斉に放たれた火炎弾が夜空にオレンジ色の弧を描き、敵前衛部隊の後方に次々に着弾した。

ボンッ、と音を立てて大きな火の手が上がり、炎に巻かれた敵兵が悲鳴を上げて地面を転げ回る。

一拍置いて、敵陣から甲高い鏑矢の音が３回、立て続けに響いた。

「む、さすがに退くか」

敵の前衛部隊が、こちらに背を向けて大慌てで逃げて行く。

このままでは逃げ場を失うと敵司令部は判断して、撤退命令を出したのだろう。

ナルソンがほっと息をつき、無線機の送信ボタンを押した。

「前衛部隊へ通達。敵軍は撤退を始めたようだ。炎上している位置まで、敵を追撃して殺せるだけ殺せ。くれぐれも、深追いはするな。どうぞ」

ナルソンが送信ボタンから手を離すと、すぐに了解の返事がいくつも入った。

友軍の前衛部隊が一斉に雄叫びを上げ、逃げる敵軍へと突撃を開始する。

陣地にいる味方から、大きな歓声が戦場に響き渡った。

壁の燭台《しょくだい》の蝋燭《ろうそく》がほのかに照らす薄暗い部屋のなか、リーゼはジルコニアと並んでソファーに腰かけていた。

ジルコニアは先ほどからずっと震えながらすすり泣いており、リーゼは彼女の手を握ってぴったりと寄り添っている。

外からは断続的にカノン砲の砲撃音が響いており、いまだに戦闘は継続しているようだ。

――お母様がこんなに憔悴するなんて……。

今までに一度も見たことのない母の弱々しい姿に、リーゼが心配げな目を向ける。

先日砦の会議室で泣き出したジルコニアをなだめたことはあったが、あの時よりもずっと彼女は弱々しく儚《はかな》げに見えた。

いったい何があったのかと聞きたい気持ちを抑え、リーゼはただ黙って母に寄り添う。

しばらくして、ジルコニアが泣くのを止め、ふう、と息をついた。

「……ごめんね。情けない姿を見せて。もう大丈夫よ」

ジルコニアが顔を上げ、リーゼに薄い笑みを向ける。

「ナルソンが待ってるわ。私たちも戻らないと」

「いいえ、大丈夫です。お父様には私から無線で連絡を入れておきましたから」

リーゼが優しく微笑む。

「私がずっと傍にいます。今日は、ゆっくり体を休めてください」

「……ありがとう。あなたは本当に優しい子ね」

ジルコニアがリーゼの頭を撫でる。

「マルケスのところでね、彼の孫娘に会ったの」

「孫娘……ですか？」

「うん」

おずおずと聞き返すリーゼに、ジルコニアが頷く。

「彼に言われたわ。『たった1人の孫なんだ。殺さないでくれ』って」

「……」

「私の家族を殺した奴らは、そいつの家族も友人も全員見つけ出して皆殺しのつもりだった。絶対に私と同じ目に遭《あ》わせてやろうって。そうじゃなきゃ、不公平だって」

ジルコニアが、自身の手を握っているリーゼの手に目を落とす。

「でもね、その娘、私に殺されかけてるマルケスを助けようとして、私に剣を向けてきたの。その姿が昔の自分に見えちゃって、どうしても殺す気になれなくて。その時は見逃そうと思ったの。でも……」

ジルコニアが言葉を詰まらせ、ぐっと奥歯を噛み締める。

数秒置き、再び口を開いた。

「あの娘ね……アーシャっていったかしら。マルケスを殺して去ろうとする私に、『いつか必ず殺してやる』って叫んできたの。それで、『ああ、そっか。この娘も私みたいになるんだな。見逃したりしたら、きっと酷いことになるな』って。だから……」

「お母様……」

リーゼが悲しげな目で、ジルコニアの手を強く握る。

ジルコニアは、その手を柔らかく握り返した。

「もう二度と、誰にも、私の家族に手を出させたりしない。私の判断は、間違いじゃなかったはずよ」

ジルコニアがリーゼを見る。

「私はもう大丈夫。リーゼは、先にナルソンのところに戻ってて。私も少し休んだら、すぐに行くから」

「で、ですが……」

心配するリーゼの頭を、ジルコニアがそっと撫でる。

「私は大丈夫。心配いらないわ」

「……はい」

リーゼが頷き、立ち上がる。

数歩歩き、ジルコニアに振り返った。

「あの……」

「なあに?」

少し迷いの見える表情をしているリーゼに、ジルコニアが微笑み小首を傾げる。

「カズラを……呼んできましょうか? ドアの外で……待っていると、思うので……」

最後のほうは消え入りそうな声で言うリーゼに、ジルコニアがきょとんとした顔になる。

そしてすぐ、苦笑した。

「ううん、大丈夫よ。１人で平気だから」

「は、はい」

リーゼは頷き、静かに部屋を出て行った。

「……はあ」

ジルコニアはソファーに背を預け、目を閉じる。

まさか、リーゼにあんなことを言われるとは思わなかった。

それほどまでに、リーゼには自分が一良《かずら》を信頼しているように見えていたのだろうか。

——カズラさん、本当は怒ってたのかな。

ぼんやりと、そんなことを考えてしまう。

ハベルは一良《かずら》が激怒していると言っていたのだから、きっとそうなのだろう。

——でも、嬉しかったな。

一良《かずら》が言ってくれた言葉の一つ一つを思い出す。

「ずっと、つらかったですね」、という言葉をかけてくれた時のことを思い起こすと、少し涙が出た。

「……もう少しだけ頑張って、終わりにしていいよね」

自分に言い聞かせるように言い、涙を拭《ぬぐ》う。

時折響いていたカノン砲の砲撃音はいつの間にか止んでおり、どうやら戦闘はひと段落ついたようだ。

ジルコニアは立ち上がると、しっかりとした足取りで扉へと向かった。

北の防壁へと向かって、一良《かずら》、バレッタ、リーゼは砦の中を歩いていた。

そこかしこを兵士や使用人たちが走り回っているが、前線からの砲撃音は聞こえなくなっている。

行き交う使用人たちは皆が不安そうな顔をしているが、一良《かずら》たちは砦に戻った際に戦況を目にしており、こちらがかなり優勢なのは把握《はあく》している。

「そっか。その様子なら、大丈夫っぽいか……」

リーゼからジルコニアの様子を聞き、一良《かずら》がほっとした様子で言う。

「うん。でも、たぶんすごく無理してると思う」

リーゼが暗い表情で目を落とす。

先ほどジルコニアは「大丈夫」と言ってはいたが、リーゼにはとてもそうは見えなかった。

ちょっとしたきっかけでぽきりと折れてしまいそうで、心配でならない。

「それで、カズラにお願いがあるんだけど……」

「何でも言ってくれ。俺にできることなら、何だってやるぞ」

「うん……」

「遠慮するなって。俺はどうしたらいい？」

「その……」

リーゼが言いよどみ、ちらりと一良《かずら》を見る。

「できるだけお母様の傍にいて、話し相手になってあげてほしいの」

リーゼが足元に視線を落とす。

「何か、私の前だと無理して頑張ろうとしちゃうみたいだから。カズラにだったら、そんなこともないと思うし。きっと気もまぎれると思う」

「……そうか。うん、分かったよ」

「お願い。あと、勝手に出撃したことは責めちゃダメだからね。なぐさめてあげてくれれば、それでいいから」

「分かってるって。俺やナルソンさんを騙してまでやりとげたいほどのことだったんだし。今さらどうこう言っても仕方ない。仇討ちはできたんだし、もう同じようなことは起こらないだろうしさ」

「うん、ありがと」

リーゼが微笑む。

「あ、でも、お母様が弱ってるところに付け込んで手を出したりしたら、絞め殺すからね」

リーゼが冗談めかして、手をわきわきして見せる。

「あのなぁ、何度も言ってるけど、そんなこと絶対にないって。信用ないなぁ」

「ほんとかなぁ。カズラってやたらとお母様と仲がいいから心配でさ。ねえ、バレッタ？」

「ふふ、そうですね。もしそうなっちゃった時は、私も遠慮せずにキュキュッとやっちゃいますからね？」

バレッタもリーゼを真似て、手をわきわきして見せる。

2人とも実に可愛らしい仕草なのだが、硬貨を指で折り曲げるほどの怪力持ちだ。

キュキュッとどころか、体のあちこちをグチャっと潰されかねない。

「ふ、2人とも怖いからマジで勘弁して……」

「だったら、手を出さないことだね」

「出しちゃダメですよ？」

「出さないって……」

そんな話をしながら歩いていると、防壁の方から一際大きな歓声が上がった。

どうやら、決着がついたようだ。

『こちらナルソン。カズラ殿、戦いは終わりました。どちらにおられますか？　どうぞ』

一良《かずら》たちのイヤホンに、ナルソンの声が響く。

「カズラです。今、宿舎からそっちに向かってます。戦いはどうなりましたか？　どうぞ」

『敵軍は全軍撤退しました。今、負傷者を収容しているところです。どうぞ』

「了解です。この間皆で上がった防御塔で落ち合いましょう。どうぞ」

『かしこまりました。通信終わり』

「大丈夫だったみたいですね」

バレッタがほっとした様子で、一良《かずら》に微笑む。

「ですね。使える兵器をありったけ使っちゃったんで、急いで補充しないとだ」

「はい。火薬、どれだけ残ってるかな……村の人たちが今も作り続けてくれてますから、できてる分を運んでこないとですね」

「ガソリンとか灯油も、もっと持って来たほうがよさそうですね。俺、明日からバイクでいったん村に戻りますよ。バレッタさんも一緒に来てくれると……って、しまった、ジルコニアさんのことがあるか」

「それなら、お母様も連れて行っちゃえば？」

困り顔になる一良《かずら》に、リーゼが提案する。

「え？　でも、ジルコニアさんって軍団長だし、この場を離れるのはまずくないか？」

「うん。だから、敵に戦場掃除を提案するのはどうかなって」

「戦場掃除？」

聞いたことのない単語に、一良《かずら》が小首を傾げる。

「うん。敵も味方もできるだけ死体は回収しないと戦死じゃなくて行方不明扱いになっちゃうし、もしかしたら呑んでもらえるかもって。バルベール軍に提案してみるのはどうかな」

「……それはいい考えですね」

バレッタが真剣な表情で言う。

「残量を無視して火炎弾やカノン砲を使ったのですから、敵軍の被害は甚大なはずです。部隊を再編する時間も必要でしょうし、もしかしたら呑んでもらえるんじゃないでしょうか」

「……なるほど。向こうからしてみれば、痛手を被ってるところに追加でちょっかい出されなくなるから、いい提案なわけですか」

一良《かずら》が納得した様子で頷く。

戦闘が起こらないのであれば、ジルコニアが砦を離れても問題ないだろう。

ジルコニアは指揮を執るというよりは味方の士気を上げるための旗印の役割なので、戦闘の時に皆が彼女の存在を把握していればそれでいいのだ。

「はい。きっと、彼らは今夜の戦闘でこちらに大打撃を与えられると考えていたはずです。でも、予想外の被害を受けて計画が頓挫したんですから、戦闘計画の練り直しをする必要があるはずです」

「上手くいけば、こっちも安心して準備を整え直せるってわけですね」

「はい。ナルソン様に提案してみましょう」

3人は頷き、防御塔へと向かったのだった。

一良《かずら》たちが防御塔に上ると、すでにナルソンが待っていた。

セレットもいるが、人払いがされているようで他には誰もいない。

2人とも、黙って戦場を眺めている様子だ。

「ナルソンさん、お待たせしまし……うっ」

防御塔から丘へと目を向け、一良《かずら》はその光景に思わずうめき声を上げた。

薄っすらと夜が明け始めており、地平線の向こうが明るくなってきていて辺りの様子がよく見える。

丘に敷かれた防御陣地には大勢の兵士たちが動き回っていて、負傷者に肩を貸したり、担架に乗せたりして砦内に運び込んでいる様子だ。

味方の陣地から100メートルほど離れた地点から先には、大量の死体が横たわっていた。

体中に矢が突き刺さっている死体、腕や足がなくなっている死体、炎に焼かれて黒焦げになっている死体など、おびただしい数の死体が見える。

中にはまだ生きている者もいるようで、弱々しく体を動かしている様子が見て取れた。

バレッタとリーゼも、その光景に言葉を失っている。

「カズラ殿、ご足労いただき、ありがとうございます」

固まっている一良《かずら》に、ナルソンがぺこりと頭を下げた。

セレットも、深々と頭を下げる。

「このたびはジルの勝手な行動でお手間を取らせてしまい、申し訳ございませんでした。カズラ殿自ら迎えに行かれるとは……」

「いや、いいんですよ。ジルコニアさんも無事でしたし。まあ……こう言っていいのか分かりませんけど、ジルコニアさんが目的を達成できてよかったです。敵の侵攻も防げましたしね」

「はい。セレットから、ことの経緯は聞いております」

ナルソンが暗い顔で言う。

セレットはそんな彼をちらりと見て、一良《かずら》に顔を向けた。

「カズラ様、本当に申し訳ございませんでした。すべては私の責任です。縛り首にでも奴隷にして売り払うのでも、どうとでもしてください」

セレットが真顔で一良《かずら》に言う。

言葉では謝っているが、反省しているというよりハナから覚悟のうえでやった、というような表情だ。

それほどまでにジルコニアのことを想っているのかと、一良《かずら》は内心驚いた。

「いや、セレットさん1人の責任じゃ……ナルソンさん、彼女のことはどうする予定です？」

「……ジルの取った行動は、『極秘の奇襲作戦』として話を広めてあります。影武者の役割を担っていたセレットを処罰するというのは、難しいでしょう。というより――」

「お父様、セレットとお母様を許してあげてください」

リーゼがナルソンの言葉をさえぎり、話に口を挟む。

「セレットもお母様も、こんなことは二度としません。仇を討つことができたのですから、これからはお父様の指示にちゃんと従ってくれるはずです」

「……うむ」

「お母様に付いていった兵士たちと、ここにいる人たちだけの秘密にすれば大丈夫です。どうか、皆を許してあげてください」

「ああ。責任は私にあるからな」

「え？」

暗い顔でつぶやくナルソンに、リーゼが怪訝な顔になる。

「ジルの仇がマルケスだということは、とっくの昔に調べはついていたんだ」

「……ずっと知っていたのに、お母様に教えなかったのですか？」

愕然とした表情で言うリーゼ。

「そうだ」

「……いつから知っていたのですか？」

「10年ほど前からだ。尋問した捕虜のなかに、事件に加わっていた者が何人かいてな。皆、同じ証言だった」

ナルソンが疲れた顔で言う。

「ジルに教えたら後先考えずに飛び出して行ってしまうと思うと、どうしても言えなかったんだ。そんなことになれば、きっと彼女は死んでしまっただろうからな」

「そう……ですか」

リーゼがうつむく。

現に今回、ジルコニアは仲間を欺いて、勝手にマルケスの軍団要塞に突っ込んで行ってしまった。

もし10年前のその時にナルソンが事実を伝えていたとしたら、きっと似たようなことになっていただろう。

そしておそらく、帰らぬ人となっていたはずだ。

ナルソンが言い出せなかった気持ちも、リーゼにはよく分かった。

「その捕虜は、どうしたのですか？」

「話を聞いた後、私がこの手で殺したよ。絶対に生かしておくわけにはいかなかったからな。ジルに知られるわけには、いかなかった」

「……」

「カイレン将軍の書状に書いてあった嘘の情報をジルが聞いた時の様子を見て、本当のことを伝えようかとも思ったんだが……できなかった。どうして早く教えてくれなかったのかと、ジルになじられると思うと怖かったんだ」

「お父様……」

「すまん。すべて私の責任だ。ジルの気持ちも考えず、頭ごなしに押さえつけるような真似ばかりしてしまった。もっと、彼女と誠実に向き合うべきだったんだ」

ナルソンがそう言い、木柵に手をかけて塔の外に目を向ける。

「仇を探すと、約束したのにな。10年もの間、彼女を裏切ってしまった」

「お父様は悪くありません。お母様を想ってのことだったのですから」

リーゼがナルソンの隣に寄り添い、彼の手に自分の手を添える。

「だから、自分を責めないでください。結果論ですけど、お母様は目的も果たせて、無事に帰ってきてくれました。すべて上手くいったんですから、あれこれ悩む必要なんて、もうありませんよ」

「……お前は本当に優しいな。ありがとう」

ナルソンがリーゼに微笑む。

「……バレッタさん、セレットさん」

一良《かずら》が小声で２人を呼び、顎で階段を指す。

２人が頷き、一良《かずら》とともにそっと階段へと足を向けようとしたその時。

『カズラ様、ニィナです！　コルツ君が見つかりました！』

切迫したニィナの声が、皆のイヤホンに響いた。

『酷い怪我をしてて、意識もなくてっ！　早く来てくださいっ！　どうぞ！』

ニィナの狼狽した声に、一良《かずら》が慌てて送信ボタンを押す。

「カズラです！　どこに行けばいいんですか⁉　それに怪我って⁉　どうぞ！」

『治療院です！　腕が変な色でぱんぱんに腫れあがっちゃってて、短剣が突き刺さって……あっ、お医者様！　こっちを先に――』

「私、薬と道具を取りに行ってきます！」

それを聞くやいなや、バレッタは階段を駆け下りて行った。

一良《かずら》も続いて階段を駆け下り、防御塔の外へと出る。

「あら？　カズラさん」

治療院へと向かって走っていると、北門へと向かうジルコニアと偶然遭遇《そうぐう》した。

やや顔色が悪いが、打ちひしがれたような表情は消えている。

「どうしたんです？　そんなに慌てて」

「コルツ君が見つかったんです！　酷い怪我をしているみたいで、今治療院にいるらしくて！」

「えっ!?」

走りながら一良《かずら》が言うと、ジルコニアも表情を変えて走り出した。

息を切らせて走る一良《かずら》と並走し、彼に顔を向ける。

「怪我って、何か事故ですか？」

「はあ、はあ、わ、分かりません！　腕が変な色に腫れあがって、短剣が突き刺さっているとかで」

「変な色、ですか……急ぎましょう。カズラさん、手を」

ジルコニアが一良《かずら》の腕を掴み、走る。

一良《かずら》は半ば引きずられるようにして走り、砦の北部にある治療院が見えてきた。

出入口には大勢の兵士や使用人たちが出入りしており、中からはうめき声や悲鳴がいくつも響いてくる。

建屋の中に入りきらなかったのか、体に矢が刺さっている者や頭から血を流している者など、100や200では利かないほどの負傷兵が地べたに座り込んでいた。

——こ、こんなに怪我人がいるのか。

すさまじい数の負傷者に、一良《かずら》は今さらながらに戦慄《せんりつ》した。

怪我人の治療は各領地軍（クレイラッツ軍含む）が連れてきた町医者に任せているのだが、その数はすべて合わせても100人程度だ。

彼らの助手や看護人を合わせても、合計で400人少々である。

本来ならば戦地にはこの半分もいればいいほうとのことだったのだが、一良《かずら》とバレッタの進言で街の治療院から引き抜いて軍に同伴させた。

しかし、これほどまでに大量の怪我人が出るとあっては、とても足りるようには一良《かずら》には思えなかった。

前回の砦攻めの時よりも、状況はかなり深刻なようだ。

「はあ、はあ……も、もう大丈夫です。離してください」

「はい。カズラさん、大丈夫ですか？」

「だ、大丈夫です。俺もジルコニアさんたちみたいになれればいいのに……ぜえ、ぜえ」

ジルコニアに手を離させて、息を切らせながら治療院へと駆け込む。

木造の広々とした平屋建てのその中には大量のベッドが並んでいて、そのすべてに負傷者が横たわっていた。

そこかしこで医者による治療が行われていて、うめき声や治療の激痛に叫び声を上げるものだらけだ。

「こら、暴れるな！　お前ら、もっとしっかり押さえんか！」

入口のすぐ傍のベッドでは、今まさに肩に矢が突き刺さっている兵士が矢を引き抜かれている最中だった。

口に板切れを噛まされて痛みに暴れる彼を、数人の兵士がベッドに無理矢理押さえつけている。

医者は額に汗を浮かべながら、矢が刺さっている傷口に薄く平べったいノミのような鉄の板が付いている道具を差し込んで傷口を広げ、力任せに矢を引き抜いた。

ブシュッ、と音を立てて傷口から血が噴き出す。

医者の助手とみられる女性が無表情で傷口に布を押し当てて血を拭った。

「むぐうう!?　ぺっ！　ちくしょう！　てめえ、覚えてろよ！」

矢を引き抜かれた兵士が噛まされていた板切れを吐き捨て、涙を流しながら医者を睨みつける。

「まだ板を咥えておかんかバカ者が！　本番はこれからだぞ！」

医者が床に置いてあった焼けた炭入りの金属の器から、先が真っ赤に焼けた鉄棒を手に取る。

手伝いをしていた兵士が床に吐き捨てられた板を拾い上げ、その負傷兵の口元に運ぶ。

「ほら、ちゃんと咥えろって！」

「げっ⁉　バ、バカ言うな！　まさかその棒を――」

「やらなきゃ病気になって死んじまうんだよ！　我慢しろ！」

無理矢理口にねじ込むようにして、兵士が負傷兵に板を咥えさせる。

他の兵士たちが全体重をかけて負傷兵を押さえつけると、顔面蒼白になって呻き声を上げる彼の傷口に医者が焼けた鉄棒を近づけた。

「あっ、カズラ様！　それにジルコニア様も！　こっちです！」

ジュウ、という肉の焼ける音と負傷兵の悲痛な呻き声に被せるようにして、奥の方から声が響いた。

思わずその光景に見入ってしまっていた一良《かずら》ははっとして、声の方に目を向ける。

部屋の奥で、ニィナがぴょんぴょんと跳ねて手を振っていた。

一良《かずら》とジルコニアが、ベッドの間を縫《ぬ》ってニィナの下へと走る。

簡易式のベッドに、青白い顔のコルツが横たわっていた。

「コルツ君！　カズラ様が来てくれたよ！　もう大丈夫だよ！」

「コルツ君、聞こえてる⁉　しっかりして！」

ベッドの傍にいた村娘たちが、コルツに話しかける。

コルツは薄っすらと目を開けており、朦朧としている様子ながらも意識はあるようだ。

「よかった、意識が……っ！」

一良《かずら》はそう言いかけて、コルツの腕を見て目を見開いた。

コルツの二の腕は付け根が紐《ひも》できつく縛られていて、無線で聞いたような短剣が突き刺さっている状態ではなかった。

しかし、その腕の色が尋常ではない。

紫色に腫れあがって普段の2倍以上になっており、傷を中心として肘や肩の傍にまで変色していた。

ぶるぶると体が小刻みに震えており、かなり具合が悪そうだ。

「……これは、切らなきゃダメね」

傷を一目見たジルコニアが、顔をしかめて言う。

似たような症状の負傷兵を、今まで何度も見たことがあるのだ。

「このままだと、2日と持たない。そうでしょ？」

ジルコニアがベッドの傍にいる老年の男に目を向ける。

白いローブを着た彼は、どうやら医者のようだ。

「はい。切り落とせば、半々で助かるかと。よろしいですね？」

「えっ⁉　そ、そんな！　他に手はないんですか⁉」

狼狽して言う一良《かずら》に、医者は首を振った。

「ありませんな。このまま放置すると、全身が紫色になって死に至ります。しかし、腕を切り落とすと血が大量に出てしまうので……それに、切断する際の痛みに耐えられるかどうか」

「死ぬかもしれないってことですか⁉」

一良《かずら》の問いに、医者が頷く。

「はい。どちらにせよ、このままだと死にますな」

「私がやります！」

その声に一良《かずら》たちが振り向くと、道具箱を手にしたバレッタが息を切らせていた。

「お医者様。私が手術をしますから、手伝いをお願いします」

バレッタが言うと、医者は困り顔になった。

「心配なのは分かるが、お前さんにできることはないよ。私に任せておきなさい」

「いいえ、私がやります。これは、腕を肩の下から切断しないと助かりません。そうですよね？」

「おそらくな。放っておくと、体中に傷口と同じ色が広がっていって死んでしまうのだ」

「これはガス壊疽《えそ》という症状と酷似しています。処置の仕方は分かっていますから、私に任せてください」

ガス壊疽とは、傷口から侵入した細菌が筋肉や軟部組織に広がって、有毒なガスを発生させて全身に広がる感染症である。

この世界において一良《かずら》が持ってきた医学書に書いてあった内容がすべて通用するかは分からないが、それと似たような状態にあるというのがバレッタの見立てだった。

「ガス壊疽？　何だそれは？」

「感染症……病気の一種です。腕の切断と縫合は私がやりますから、手伝っていただけないでしょうか」

バレッタが言うと、医者はいぶかしんだ顔を彼女に向けた。

「何を言ってるんだ。お前みたいな小娘なんぞに、任せられるわけがないだろう」

「ミャギやカフクなどの動物相手にですが、何度も練習して経験はあります。無理やり矢を突き刺してから引き抜いた状態の、ささくれ立った患部の処置も何度も練習しました」

バレッタが医者を真っすぐに見る。

「人の上腕には太い動脈という血管が1本と、3本の神経があります。これらを上手く処置しないと、この手術は上手くいきません。私には、それができます。筋肉の縫い合わせと皮膚の縫合もしっかりできる自信があります。私にやらせてください」

「な……」

医者が驚いた顔になり、ジルコニアへと目を向けた。

「この娘がそう言うのなら、大丈夫でしょう。手伝ってあげて」

「……本当に、よろしいのですね？」

「ええ」

ジルコニアにそう言われてしまっては抗えるはずもなく、医者は不服そうながらも一歩下がった。

「ニィナ、そこの棚を持ってきて」

「う、うん」

バレッタに言われ、ニィナが壁際にあった棚を運んでくる。

バレッタはそこに道具箱を置き、開いた。

中には鉗子《かんし》、ピンセット、メス、針、糸といったものから、細かい歯の付いた手鋸、ヤスリといった道具が大量に入っていた。

それらの他にも、消毒用エタノールや精製水などの瓶が複数入っている。

バレッタの要望で以前、一良《かずら》が日本で手に入れてきたものだ。

イステリアの医者たちも自前の道具を持っており、それらはバレッタが持っているものと似通った形状の物ばかりだ。

地球においても、古代ローマ時代から現代に至るまでほとんど形状が変わらずに使われてきた医療道具が数多くある。

「コルツ君、バレッタだよ。分かる?」

「う……バレッタ、姉ちゃん……?」

「コルツ君、大丈夫だからね。気をしっかり持ってね」

バレッタが微笑み、コルツの頭を優しく撫でる。

道具箱の中から銀のトレーを取り出して、棚に置く。

小さな小瓶を取り出し、フタを開けて茶色い粒を1つ出した。

メスでそれを半分に割り、コルツの口に入れる。

「マヤ、お水ある?」

「あるよ! はい!」

マヤが革袋をバレッタに差し出す。

「コルツ君、お薬だよ。飲んで」

半分にした粒を指でコルツの口の奥に押し込み、革袋を口に当ててそっと水を流し込んだ。

コルツはこくんと喉を鳴らして、薬を飲み込む。

「バレッタ、それ何?」

周りで見守っていた娘の1人が、バレッタに聞く。

「抗生剤っていうお薬。金魚用のだけど」

「抗生剤？　金魚？」

「うん。本当は魚に使うお薬なの。でも、傷に泥《どろ》を塗り込んで患部を爛《ただ》れさせたミャギで試したら効いたから、人にも効くはずだよ」

「そ、そうなんだ」

バレッタは道具箱からラベンダーの精油を取り出し、ハンカチに数滴染み込ませた。

それを、そっとコルツの口に当てる。

しばらくそうしていると、コルツの目がとろんとしてきた。

バレッタはハンカチを離し、道具箱からマスクを取り出して口に着ける。

「ジルコニア様、１つお願いがあるのですが」

「何かしら？」

「元気なラタを10頭ほど用意していただけますか？」

ジルコニアが小首を傾げる。

「いいけど、何に使うの？」

「この病気の薬を作ろうと思いまして。それに必要なんです」

「この病気が治せるようになるってこと？」

「上手くいけば、そうなるかもしれません。コルツ君みたいになってしまう人が出ても、助けられるようにしたくて」

「分かったわ。任せておいて」

ぽんぽんとやり取りをする2人に、医者と傍にいた助手が目を丸くする。

いったい何者なのだろうか、と思っているような表情だ。

バレッタはそれに構わず、消毒用エタノールのフタを開けると自分の手にバシャバシャとかけた。

「では、始めます。カズラさん、お医者様と助手さんにもマスクを」

「は、はい！」

バレッタに言われ、一良《かずら》は慌てて道具箱からマスクを取り出した。

「これを着けてください。この紐を、耳にかけるんです」

マスクを受け取った医者と助手の女性が、一良《かずら》に教えられながらマスクを着ける。

「なるほど、これは便利ですな。結び目がないのか」

「これなら、血や膿が飛んでも口に入りませんね。絶対にずれませんよ」

「うむ。洗うのも楽そうだ」

「同じ物を、後で私たちも作りましょう」

医者と助手の女性が感心した様子で自分のマスクを撫でる。

「それと、今彼女が手にかけた水は何ですか？　妙な匂いがしますが」

「あれは消毒用の液体で、手に付いた雑菌を殺すものですね」

「雑菌？　何ですかそれは？」

医者がきょとんとした顔で小首を傾げる。

「あー、えっと……大雑把に言うと、目に見えないくらい小さな生き物です。傷口を不潔にしてると悪化するじゃないですか、それの原因ですよ」

「ふむ。しかし、目に見えないのになぜそれが『ある』ということが分かるのですか？」

「え、ええと……普通には見えないんですけど、道具を使えば見る方法があって。なんて説明したらいいのか……」

「あの、カズラ様……」

一良《かずら》が説明に困っていると、ニィナが小声で一良《かずら》に話しかけた。

これ幸いと、一良《かずら》はニィナに振り向く。

「あ、はい。何ですか？」

「その、お話ししたいことがあって。ジルコニア様も、こちらへ」

ニィナにうながされ、一良《かずら》とジルコニアが皆から離れる。

壁際まで移動し、ニィナが口を開いた。

「コルツ君の怪我についてなんですけど……味方の兵士と争った際のもののようで。その兵士を殺したのも、たぶんコルツ君だと思います」

「えっ⁉」

一良《かずら》が驚いて目を見開く。

「相手の兵士は？」

ジルコニアが真剣な表情でニィナに聞く。

「ウッドベルっていう名前の兵士で、納骨堂で死体で見つかりました。コルツ君の腕に刺さっていた短剣が、その兵士のものみたいで」

ニィナが白い布に包まれたものをジルコニアに差し出す。

ジルコニアはそれを受け取り、布を開いた。

コルツの血がべっとりと刃に付着した短剣が姿を現し、ジルコニアがそれを手に取る。

「……その兵士がコルツ君を刺したっていう確証はあるの？」

「さっきコルツ君が意識を取り戻した時に、『ウッドさん、ごめんなさい』ってうわ言のように言ってたんです。あと、納骨堂の中で争った形跡があって、剣が2本落ちていました」

「そう。コルツ君を最初に見つけたのは誰？」

「マヤです。たまたま納骨堂の前を通りかかったら、扉の下から血が外に流れ出ているのを見つけたって言ってました。それで、開けたら中に気を失っているコルツ君とウッドベルさんの死体があって、私たちもマヤに呼ばれて」

「死体はどこ？」

「まだ納骨堂にあるはずです。集まってきた兵士さんたちが運び出そうとしたんですが、動かさないほうがいいと思って。私がそのままにするようにってお願いして、宿舎にいた近衛兵さんに向かってもらいました」

ニィナの説明にジルコニアは頷くと、彼女の肩にぽんと手を置いた。

ニィナがびくっと肩をすくめる。

「上出来よ。よくやったわね」

「は、はい！　ありがとうございます！」

しゃちほこばって礼を言うニィナ。

ジルコニアは一良《かずら》に目を向けた。

「カズラさん、私は今から現場を見てきますね」

「俺も行きます。どういうことなのか気になります」

「いえ、カズラさんはバレッタに付いていてください。手術中に必要な物が出たら、カズラさんしか用意できませんから」

「あ……そうですね。分かりました」

頷く一良《かずら》に、ジルコニアは「それでは」と言うと出口へと向かった。

建屋を出て納骨堂へと向かおうとしたところで、正面から走ってきたリーゼに出くわした。

「お母様！」

リーゼがジルコニアに駆け寄る。

「お母様も来ていたのですか」

「ええ。たまたまカズラさんと会ってね」

「そうでしたか。では、コルツ君の怪我のことはご存知なのですね」

「うん。今、中でバレッタが手術をしているわ。左腕を切り落とすことになったの」

「えっ」

ジルコニアの話に、リーゼの顔が青ざめる。

「バレッタが手術を……それに、切り落とすって……どうにか、切らずにおくことはできないのですか？」

「無理ね。ああなっちゃうと、放っておくと確実に死ぬから。カズラさんも何も言わなかったし、薬じゃどうにもならないみたい」

「そうですか……」

リーゼが暗い顔で目を伏せる。

「中にバレッタとカズラさんがいるわ。手伝ってあげて」

「はい。お母様はどちらへ？」

「納骨堂よ。事件性があるみたいだから、見ておかないといけなくて」

「分かりました。お母様は、無線機は持ってないですよね？」

「うん。セレットに渡しちゃったから……そういえば、セレットは？」

姿の見えないセレットに気づき、ジルコニアが聞く。

「イステリアに無線で連絡しています。コルツ君が見つかったことを、ご両親に知らせないとって」

リーゼが自分の無線機を外し、ジルコニアに手渡す。

「これを持って行ってください。何かあったら、連絡をお願いします」

「うん。現場を確認したら、すぐ戻って来るから」

「あ、それについてなのですが、ルグロ殿下からお母様に伝言が」

「殿下から？」

すっかり意識の外にあった名前に、ジルコニアがきょとんとした顔になる。

砦に戻って来てからというもの、一度も彼の姿を目にしていなかったことに今さらながらに気づいた。

「はい。『手が空いたらでいいから、戦死した兵士たちを一緒に弔ってほしい』、と。お父様も、殿下と一緒におります」

「そう。分かったわ。こっちが片付いたら、すぐ向かうから」

「はい……殿下は戦闘が終わってすぐ、ずっと戦場を回っていたようなんです」

「怪我人の救助を手伝ってたの？」

「いえ……」

リーゼが悲しげな表情でうつむく。

「重傷を負ってもう助からない兵士たちに、最期のお言葉をかけていたようです。これくらいしか、自分にはできないからって……私も、そうするべきでした」

「……そっか」

「はい……私、殿下のことを誤解していました。殿下は、立派なおかたです」

リーゼが顔を上げる。

「引き留めてしまってごめんなさい。では」

リーゼが治療院の中へと入って行くのを見送り、ジルコニアは納骨堂へと向かった。

しばらく走ると、納骨堂の前に人だかりができているのが見えてきた。

集まってきている兵士や使用人たちを、数人の近衛兵が押しとどめているようだ。

「なあ、ウッドが死んだって本当なのか⁉」

「どうなんですかっ⁉　本当にウッドさんなんですか⁉　答えてくださいっ！」

不安げな顔をした兵士と使用人が問いかけるが、近衛兵は険しい表情のまま口をつぐんでいる。

すると、近衛兵の1人がジルコニアに気づいて手を振った。

「ジルコニア様！」

集まっていた者たちが一斉に振り向き、道を空ける。

ジルコニアは彼に駆け寄った。

「状況は？」

「こちらへ」

近衛兵と一緒に、ジルコニアが納骨堂の中へと入る。

中では、数名の近衛兵たちが壁際に集まっていた。

近衛兵長もおり、仲間たちと何やら話している様子だ。

床にはウッドベルの死体が横たわっており、おびただしい量の血が広がっていた。

「彼がウッドベル？」

歩み寄るジルコニアに、近衛兵たちが敬礼する。

代表して、近衛兵長が口を開いた。

「はい。妙な痕跡と証言ばかりで、どうしたものかと……」

「妙って？」

聞き返すジルコニアに、近衛兵長が小さな布袋を差し出した。

「この男のポケットに、火薬袋が入っていました。聞き取り調査では、彼はカノン砲部隊への火薬の運搬を行っていたとのことなのですが、ラタで砦内を走っているのを見かけた者がおりまして」

近衛兵長が床に落ちている2本の長剣に目を向ける。

「また、この場で激しく戦った痕跡がありました。怪我を負ったという少年も、その相手にやられたのかと思うのですが」

「……その相手が分からない、ということね？」

「はい。しかし、少年が殺されていなかったのが、なおのこと不自然でして」

ジルコニアが火薬袋を受け取り、剣の前にしゃがみ込む。

かなりの力でぶつかり合ったのか、2本とも刃の数カ所が大きく欠けていた。

ウッドベルの死体の周囲に血だまりとは別の血痕を見つけ、立ち上がって歩み寄る。

血は点々と部屋の中央にまで続いていた。

——あの子、鼻の頭も深く切ってたわね。

ジルコニアがコルツの姿を思い起こす。

床に零れた血と、ウッドベルのポケットに入っていた火薬袋。

そして、剣の刃こぼれと、コルツの怪我。

状況証拠は十分だ。

手術が無事に終わってコルツが話せるようになればすべて分かることだが、ウッドベルを殺したのはコルツだとジルコニアは確信していた。

近衛兵たちは、まさか7歳の子供がこのような戦闘の痕跡を残せるとは思っていない様子だ。

これは上手く利用するべきだろう。

「……あなたたちは、ウッドベルの経歴とこれまでの行動を洗い出しなさい」

「かしこまりました。あの、ウッドベルが敵の間者《かんじゃ》だったという可能性があるのですが」

「かもね。分かってると思うけど、他言無用よ？」

「もちろんです。ただ、彼と戦った相手がまだ砦内にいる可能性があります。そちらも調査しなくては」

「それは大丈夫。相手は分かってるから」

ジルコニアが答えると彼は驚いた顔になった。

「なんと。誰なのですか？」

ジルコニアが彼をうながし、近衛兵たちから離れる。

「コルツ君よ。彼、カズラさんの……グレイシオール様の祝福を受けているの。大人顔負けの膂力《りょりょく》を持っているわ」

「な、なんと……グリセア村の村人たちが、すさまじい怪力を持っているのと同じようなもので？」

「ええ。子供だって、それは同じなの。私も、同じ力を授けてもらったわ」

ジルコニアが布に包まれたウッドベルの短剣を取り出し、刃を指でつまむ。

そのまま、握った柄をぐいと押し下げた。

焼きが入っていてかなりの硬度があるはずの刃が、その根元の部分からぐにゃりと曲がる。

近衛兵長は思わず、「ぬあ」と驚いた声を漏らした。

「す、すさまじいですな。まさか、ジルコニア様までこれほどの力をお持ちとは……」

「いい？　このことは他言無用よ。それを踏まえて、ウッドベルを殺した相手は誰か適当にでっち上げなさい。あの男、兵士や使用人たちにかなり慕《した》われていたんでしょう？」

先ほど見た納骨堂前での騒ぎを思い起こしながら、ジルコニアが言う。

「そのようです。確かに……間者に好き勝手にやられていたということもそうですが、少年が殺したという話が広まったらまずいことになりそうですな」

「うん。ウッドベルが間者だったと判明しても、そのことは伏せるのも選択肢に入れておいて。侵入した敵の間者と戦って名誉の戦死っていうのでもいいから」

ジルコニアが、西の倉庫へと繋がっている地下通路の入口に目を向ける。

自身がバルベール軍の捕虜になっていた際に、脱出に使った通路だ。

「ウッドベルと戦って重傷を負った敵の間者は、そこの地下通路から逃げようとして途中で力尽きていた、とか、そんな感じでどうかしら？」

「なるほど、いい案ですな」

近衛兵長が感心した様子で頷く。

「では、調査ののち詳細が決まりましたら、ご報告いたします。外に集まってきている連中はどうしますか？」

「ウッドベルの死体を運び出して綺麗《きれい》にしてから、見せてあげなさい。何か聞かれても調査中って答えればいいでしょう。後は任せるわね」

「はっ！」

敬礼する近衛兵長をその場に残し、ジルコニアは出口へと向かった。

ジルコニアが外に出ると、先ほどよりもさらに多くの人々が集まって来ていた。

その中に1人、涙を流しながら近衛兵に詰め寄る使用人の女性の姿があった。

ウッドベルの彼女のメルフィだ。

「通してよっ！　ウッドに会わせてっ！」

必死の形相で近衛兵に詰め寄るメルフィ。

その鬼気迫る勢いに、周囲の兵士や使用人たちは騒ぐのをやめて彼女たちのやり取りを凝視していた。

「立ち入り禁止だと言ったろうが！　さっさと立ち去れ！」

「ふざけないでよ！　ウッドは私の……ジルコニア様！」

メルフィがジルコニアが出てきたことに気づき、近衛兵を押しのけて駆け寄ろうとする。

近衛兵が慌てて、メルフィを押さえつけた。

「こ、こら！　よさないか！」

「ジルコニア様！　ウッドは無事なんですかっ⁉」

「やめろ！　このバカ者が！」

近衛兵に突き飛ばされて、悲鳴を上げて地面に倒れ込むメルフィ。

その光景を見ていた者たちが、声には出さないが明らかに非難めいた目をその近衛兵に向けた。

ジルコニアは無言で、メルフィに歩み寄る。

膝をついてしゃがみ込み、彼女と目線を合わせた。

「あなた、名前は？」

「メ、メルフィ・シュテットです」

話しかけられると思っていなかったのか、メルフィが怯えと驚きが混じったような表情で答える。

「メルフィね。ウッドベルの友人かしら？」

「……恋人です」

メルフィが今にも泣き出しそうな表情で答える。

その様子に、ジルコニアはわずかに顔をしかめた。

「そう……そこのあなた」

ジルコニアが、今しがたメルフィを突き飛ばした近衛兵に顔を向ける。

「はっ！」

「ウッドベルの遺体を運び出したら、この娘を会わせてあげなさい。個室を用意してあげてね」

「かしこまりました」

「……え？」

ジルコニアたちのやり取りに、メルフィが愕然とした表情になる。

「い、遺体って……そんな……そん、な……」

うわ言のように繰り返すメルフィ。

ジルコニアはそんな彼女をちらりと見て立ち上がると、北門へと向けて歩き出した。

第2章　迷惑な呼び出し

ひっきりなしに負傷者が運び込まれ続けている治療院では、バレッタがコルツの手術を続けていた。

額に脂汗を浮かべて施術を行うバレッタを大勢の人々が取り囲んでいる。

そのほとんどが、治療を終えた負傷兵たちだ。

「お医者様、腕を持っていてください」

「う、うむ」

バレッタの指示で、医者がコルツの腕を両手で持つ。

傷口はすでに筋肉の切断が済んでおり、神経の処理も終わっていた。

バレッタがすぐさま患部の筋肉を上にたくしあげ、鋸でゴリゴリと骨を切断し始めた。

一良《かずら》が彼女の額の汗を、ハンカチで拭う。

「……すごいですね。腕を切られてるのに、呻き声1つ上げないなんて」

ぼうっとした顔でされるがままになっているコルツを見て、医者の隣に立つ助手の女性が言う。

コルツには時折ラベンダーの精油をかがせており、十分な麻酔効果を得られているようだ。

「あの……精油の備蓄は、どれくらいあるのでしょうか？」

助手の女性が一良《かずら》に聞く。

「精油も傷薬もたっぷりありますよ。心配無用です」

「そうなのですね。では、精油を他の患者にも使ったほうがいいのではないでしょうか？　あちこちで叫び声が響いていますが……」

助手の女性が周囲を見やる。

そこら中で行われている怪我の処置はかなり荒っぽい様子で、治療の痛みに泣き叫ぶ声が常に響いていた。

事前に精油の使い方は医者たちに説明されており、使用の際は申請して管理部から受け取れるようになっている。

使い終わったら使用量を報告のうえで、精油瓶は返却する方式だ。

「ですね……使わなくても大丈夫って判断なんでしょうか？」

「いえ、前回の戦争では薬が枯渇《こかつ》して大変なことになったと聞きましたし、今回もいつまで戦いが続くか分からないので、可能な限り節約をしようとしているのかと。よほどの重傷でなければ使わないようにしているのだと思います」

「な、なるほど。負傷者はたまったもんじゃないですね……リーゼ、薬も精油も備蓄に余裕があるから、どんどん使うようにお医者さんたちに言ってきてくれるか？」

「りょーかい。行ってくるね!」

リーゼが負傷者たちを治療している医者たちの下へと向かう。

そうしているうちに腕の切断が終わり、ヤスリで骨を削り始めた。

数十分かけて筋肉の縫い合わせと皮膚の縫合も完了し、バレッタが道具をトレーに置く。

安堵《あんど》した様子で、傍にあった椅子に腰を下ろした。

「終わりました……はあ、疲れた……」

「バレッタさん、お疲れ様です。はい、お水です」

「ありがとうございます……」

バレッタは疲れ切った様子で一良《かずら》から水の革袋を受け取り、喉を鳴らして水を飲む。

かなり神経を使った様子だ。

「コルツ君、左腕、なくなっちゃったね……」

棚の上に置かれた布に包まれたコルツの左腕に目を向け、マヤが言う。

手術を見守っていた村娘たちも、ぼうっとした様子で横たわっているコルツを涙目で見つめていた。

「でも、命が助かったんだからさ。喜ばないと。バレッタ、頑張ったね」

「……うん」

ニィナに頭を撫でられながら、バレッタが暗い顔で答える。

コルツの意識がはっきりした時、どう言葉をかけたらいいかと考えると気が重かった。

「見事な腕前だ。その若さで、よくそこまでできるようになったな」

感心した様子で言う医者に、バレッタが疲れた笑顔を向ける。

「上手くいってよかったです。他の人の処置も手伝わないとですね」

「ああ、頼む。それと、使っていた道具や薬なのだが、ぜひ私にも譲《ゆず》ってもらえないだろうか？」

「道具は、鍛冶《かじ》職人さんにお願いしておきますね。それと、今使った薬はお医者様たちに配布されているものと同じですよ。精油は、事前に通達されているように重傷者の施術の際に申請していただければ使えますから」

傷に塗る漢方薬と金魚用の抗生剤は、バレッタの提案であらかじめ軍医たちに配布されている。

使用量は毎日チェックされることになっていて、万が一にも横流しされないようにと気を使っていた。

「それについてなのだが、街に戻ってからも使わせてもらいたいんだ。呪術師《じゆじゆつし》組合から卸している薬よりも、これらはよく効くのだろう？」

「それはそうなのですが……」

「後で、俺からナルソンさんに相談しておきますよ」

どうしよう、と返答に困るバレッタに代わり、一良《かずら》が答える。

「おお、ぜひお願いいたします。少々値が張っても、いい薬を常備しておきたいもので」

「カズラ様！」

一良《かずら》たちが話していると、慌てた様子のシルベストリアがセレットとともに駆け込んできた。

「コルツ君が見つかったって……」

駆け寄ってきたシルベストリアが、ベッドに横になっているコルツを見て目を見開く。

セレットも、顔をしかめた。

「え……コルツ君、う、腕が……」

「……感染症に罹ってしまっていて。切るしか、ありませんでした」

愕然とするシルベストリアに、バレッタが暗い顔で言う。

「何があったの？　それに、ずっとコルツ君は行方不明だったって……」

「少し前に、見つかったんです。腕に短剣が刺さっていて、骨が砕けていました」

「……誰が、コルツ君をこんな目に？」

シルベストリアが怒りを堪《こら》えるような表情でバレッタを見る。

「分かりません。私は何も聞いていないので……」

「そう……カズラ様は、何か聞いていませんか？」

シルベストリアが一良《かずら》に目を向ける。

一良《かずら》はニィナたちにちらりと目を向けた。

皆、強張った表情になっている。

ウッドベルがコルッと争ったらしい、という話は先ほど聞いたが、事実はまだ調査中だ。

今はまだ、何も話さないほうがいいだろう。

バレッタにはまだ話していないので、彼女は何も知らない。

「……いえ。俺もそれは知らなくて。現在調査中らしいです」

「そう……ですか」

シルベストリアがつらそうな顔で、コルッの頭を撫でる。

コルッの目は開いているのだが、麻酔の効果で半分夢を見ているような状態だ。

シルベストリアが顔をのぞき込んでも、目は虚ろなままだ。

「コルッ君。シア姉ちゃんだよ。分かる？」

「……」

「大丈夫だからね。ゆっくり休んで、早く良くなってね」

優しく語りかけるシルベストリア。

コルッは無言で、天井を見つめたままだ。

『カズラ様、マリーです。どうぞ』

そうしていると、一良《かずら》のイヤホンにマリーの声が響いた。

バレッタやニィナたちは反応していないので、個別チャンネルでの通信のようだ。

マリーはハベルと一緒に撮影係を任されており、戦闘後の様子も撮影することになっていた。

「あ、ちょっと席を外します。すぐ戻りますから」

一良《かずら》が皆から離れ、部屋の隅《すみ》へと移動する。

「カズラです。マリーさん、どうしました？　どうぞ」

『あの、北の防壁にいるのですが、今バルベール軍の将軍っぽい人が丘の下に来ていて、ずっと大声で叫んでいるんです。お知らせしたほうがいいかと思いまして。どうぞ』

「将軍っぽい人？　カイレン将軍ですか？　どうぞ」

『いいえ。以前、カイレン将軍と一緒に、皆様と丘の先で話していた人だと思います。焦げ茶色の短髪で、すごく大柄な人です。どうぞ』

「大柄？　……ああ、あの人か」

特徴を言われ、一良《かずら》は以前カイレンたちに会った際に、彼の後ろにいた男たちを思い出した。

1人は長髪細身のイケメンで、もう1人はやたらと威圧感のある大男と記憶している。

バルベール軍第14軍団長のラースと名乗っていたはずだ。

「何を叫んでるんです？　どうぞ」

『それが、ジルコニア様の名前を連呼しているようでして。かなり怒っている様子です。どうぞ』

「む、何の用事……げっ！　ま、まさか⁉」

その大男が以前、ジルコニアに「呼び出したら出て来て決闘しろ」と言っていたことを一良《かずら》は思い出した。

まさか、昨日あれだけの戦闘があった直後に決闘を申し込んできたというのだろうか。

「ジルコニアさんは、そこにいますか？　どうぞ」

『はい。門の傍でナルソン様と何かお話ししている様子です。どうぞ』

「すぐに行きます！　ジルコニアさんが出て行かないように、引き留めておいてください！」

一良《かずら》は通信を終えると、バレッタたちの下へと駆け戻った。


「ジルコニアアアッ！　出て来い！　この臆病者があああァッ！」

彼我の兵士たちの死体だらけの丘に、耳をつんざくような怒声が響き渡る。

丘を下って少し進んだ場所で、無骨な鉄鎧を纏った大男——ラース——が叫んでいた。

先ほどから、数秒置きにこの繰り返しだ。

ラースは数人の兵士を従えているのみなのだが、遠方から慌てた様子で迫って来る敵兵たちの姿が見えた。

見たところ数千はいるようだが、ろくに隊列も組んでおらずばらばらに駆け寄ってきている様子だ。

先ほど防壁上からその様子が確認されたため、カンカン、と敵軍襲来を知らせる鐘《かね》の音が砦の中に響いていた。

丘で死体の片づけをしていた兵士たちは作業を中断し、陣地に戻って戦闘配置についている。

攻撃命令も下されないため、皆が困惑している様子だ。

「だから、ぱぱっと行ってちゃっちゃと片付けてくるわよ。あの男、どうしても死にたいらしいから」

「あんな奴は放っておけばいいだろうが！　勝手な真似は許さんぞ！」

「そうだ！　決闘なんて絶対に許さねえぞ！　間抜けな挑発に乗ってるんじゃねえよ！」

円盾と鉄の短槍を手に言うジルコニアを、ナルソンとルグロが怒鳴りつける。

ジルコニアが兵士の死体を運び出しているルグロたちを手伝っていた折、突如やってきたラースの下へ1人で行こうとした彼女を、ルグロが慌てて砦内に連れ戻したのだ。

言い合いをしている3人の傍で、マリーがおろおろしている。

「約束しちゃったんだから仕方がないじゃない。呼ばれたら出て――」

「放っておけって言ったのは自分だろうが！　いいから、黙って言うことを聞け！」

「いくらあんたが強いっていったって、あんな大男に勝てるわけねえだろ!?　自分が女だってことを自覚しろや！」

言葉をさえぎって怒鳴りつけてくる2人に、ジルコニアが顔をしかめる。

戦場で斃れた仲間たちを弔おうとしていたところを邪魔されて、ジルコニアはかなり頭にきていた。

彼のお望みどおり死体の仲間入りをさせてやろうと思ったのだが、この2人はそれを許す気はないようだ。

そのうえ「女だってことを自覚しろ」などと言われ、かなりイラっとした。

性別の違いが何だというのか、と心の中で文句を言うが、ルグロが相手ということもあって声には出さない。

「でも、あのまま放っておいたら士気に関わるでしょ？　ほら、私って英雄扱いなんだし。皆、期待してるんじゃない？」

「そんなことは関係ない！　出て行くなんて許さねえからな！」

「これは命令だ！　危険な真似はもう二度とさせんぞ！」

やいのやいの言う2人に、ジルコニアは「じゃあどうするっていうのよ」とげんなりした顔になる。

「ああもう……そんなに言うなら、カノン砲で吹き飛ばしちゃいなさいよ」

「そんなことできるか！　敵軍だけでなく味方からも卑怯者とそしられるだろうが！」

「なら、やっぱり私が出て行くしかないじゃない」

「それはダメだと言っているだろう！」

「これ以上バカ言うとぶん殴るぞ、てめえ！」

「あっ、カズラ様！」

駄目だこいつら話にならない、とジルコニアが呆れていると、走って来る一良《かずら》に気づいたマリーが声を上げた。

ジルコニアたちが、そちらに振り向く。

シルベストリアとセレットはコルツの傍にいると言ったので、治療院に残してきた。

「はあ、はあ……よ、よかった。まだいた……」

一良《かずら》がぜえぜえと荒い息を吐きながら、両膝に手をつく。

「お母様、ラース将軍が決闘を申し込んできているのですか？」

心配げに聞くリーゼに、ジルコニアが困った顔で頷く。

「うん。仕方がないから相手をしてあげようと思ったんだけど――」

「ダメだ！」

「ダメだっつってんだろ！」

「……この有り様なの」

すぐさま怒鳴りつけてくるナルソンとルグロに、ジルコニアがやれやれとため息をつく。

「えっと……この間、『呼んだら出て来てくれるか』って言ってた人が、今叫んでるんですよね？」

一良《かずら》が外へと続く城門に目を向ける。

ジルコニアを呼ぶ声は響き続けており、よく声が嗄れないな、と気の抜けた感想を一良《かずら》は持ってしまった。

「ええ。連中、昨日の戦いでボロ負けしたから、決闘で私を殺して士気を上げようとしてるのかもしれないですね」

「なるほど……でも、やっぱり危ないですし、出て行かないほうがいいですよ」

「そうは言いますけど、あのまま放っておくのもまずくないですか？　こっちの兵士たちの士気が下がっちゃいますよ」

「う、うーん。でも、決闘ってのは……何とか説得して帰ってもらえませんかね？」

「そうするしかないでしょうな……」

ナルソンが困り顔で一良《かずら》に同意する。

ルグロも、うんうん、と頷いていた。

一良《かずら》としてもジルコニアが恐ろしく強いのは理解しているのだが、これ以上危険な目に遭わせたくないという想いがある。

「ジルコニアアアッ！　出て来いっつってんだろうがあああッ！」

再び響く怒声に、皆が「はあ……」とげんなりしたため息をつく。

放っておいても、帰ってくれそうにない。

「マリー。ハベルはどこだ？　さっきまで防壁にいたと思ったが」

ナルソンが防壁を見上げながら、マリーに聞く。

「カメラのバッテリーの替えを取りに宿舎に戻っております。すぐに戻って来ると思います」

「そうか。では、アイザックを呼んで来い。鍛冶場で武具の入れ替えをしているはずだ」

「かしこまりました」

ナルソンは走り去っていくマリーを見送り、深くため息をつく。

「もし連中が襲って来ても、私が全員始末してあげるわよ。そんなに神経質にならなくてもいいんじゃない？」

「いや、お前が戦ってどうするんだ。相手が手を出してきても、護衛に任せておけ」

「私がやったほうが早いのに」

つまらなそうに言うジルコニア。

何となく白けた雰囲気の中、ラースの怒声を聞きながら皆でアイザックとハベルの到着を待つのだった。


数十分後、城門の前には大急ぎで駆け付けたアイザックたち、そして数十人の近衛兵たちが集まっていた。

一良《かずら》、バレッタ、リーゼは城門に上り、ラースを眺めている。

「ジル、分かっているとは思うが……」

「余計なことは言わなければいいんでしょ？　何度も言わないでよ」

やれやれといった様子で答えるジルコニア。

アイザックたちを待っている間、ナルソンとルグロはしつこいほどに「絶対にラースを挑発するような真似はするな」とジルコニアに言っていた。

あまりにもしつこいので、ジルコニアはげんなり顔だ。

「ジルコニアアアッ！　出て来いっつってんだろうがあぁあッ！」

再び、外からラースの怒声が響く。

彼がやって来てから、もう30分以上もこんな調子だ。

さすがに疲れてきたのか、声が擦《かす》れ気味で頻度《ひんど》も少し落ちてきた。

「それにしても、ずいぶんとしつこいね。敵軍、そんなに士気が下がっちゃってるのかな？」

リーゼが柵に両手で頬杖をつき、叫んでいるラースを眺めながら言う。

一良《かずら》もそれに同意して頷いた。

「だなぁ。まあ、あれだけカノン砲とかカタパルトで撃ちまくったんだから、あっちの兵士は怯え切っちゃってるんじゃないか？」

「昨夜の戦い、すごかったもんね。バレッタ、火薬とかの備蓄は大丈夫そうなの？」

リーゼが一良《かずら》の隣にいるバレッタに話を振る。

バレッタは先ほどから、迫って来る敵軍を双眼鏡で観察していた。

「火炎弾は少ないですが、火薬はまだ多少余裕があります。ただ、爆弾を大量に消費してしまったので、新しく作る必要がありますね」

昨夜の戦いでは、迫って来る敵軍に対してガス弾以外のすべての兵器を使用した。

騎兵隊は戦場を駆け回り、敵部隊に肉薄しては手投げ爆弾を投擲して撤退するということを繰り返した。

勇敢で腕力のある者たちだけを集めて編成された、爆弾の投擲を任務とする擲弾兵部隊も投入された。

敵の前線部隊は降り注ぐ火矢と投げ込まれる爆弾、そしてスコーピオンとカタパルトといった大型兵器の攻撃をすべて浴びることになり、すさまじい被害を出したはずだ。

「そっか。爆弾、あとで一緒に作ろうね」

「はい。あっ、ナルソン様、カイレン将軍がこっちに来ます」

向かってくる敵軍の中から赤髪の男がラタに乗ってやって来るのを見て、バレッタが言う。

カイレンの他に、長髪細身の男と金髪三つ編みの女――ティティス――もいるようだ。

それを聞いたナルソンが、疲れたため息をついた。

「やれやれ。カイレン将軍もいるのなら、なんとか説得できるかもしれんな……城門を開けろ」

ナルソンの命令で、城門が音を立ててゆっくりと開く。

「おし、行くか！」

ルグロが威勢のいい声を上げ、鐙に足をかけてラタに跨る。

「殿下……やはり、行くのですか？」

「行くに決まってんだろ。連中がバカなこと言ったら、どやしつけてやる」

「しかし……奥方様の許可は取ったので？」

「う……」

ルグロが顔を強張らせる。

ルティーナは今頃、宿舎で子供たちと一緒にいるはずだ。

戦場が綺麗に片付くまでは、子供たちは外には連れ出さないことになっている。

ルティーナは昨夜の戦いが上手くいったこととルグロが戦場で負傷者たちの回収を手伝っていることは知っているのだが、これから敵の将軍たちと会うという話は知らせていない。

「……や、やっぱ俺は待っとくわ。ナルソンさん、上手いことやってくれ」

「承知しました。カズラ殿、行きましょうか」

「はい！」

一良《かずら》たちが城門から降り、ラタに跨る。

一良《かずら》たちも同行するのは、万が一の際にジルコニアを止めるためだ。

一良《かずら》はジルコニアの説得係、バレッタとリーゼは、それでもダメな場合に、２人がかりで力ずくでジルコニアを止める係である。

「……お父様、ちょっといいでしょうか？」

走り出そうとするナルソンに、リーゼが声をかけた。

「ん、何だ？」

「1つの案なのですが、上手くすれば、決闘を時間稼ぎに使えるのではと思って」

「時間稼ぎ？　どういうことだ？」

ナルソンが怪訝な顔になる。

「決闘をあえて受けて、何日後、と日数を設定するんです。そうすれば、その間は敵は攻めてきませんし、こちらは消耗《しょうもう》した火炎弾や火薬の補給、爆弾の製造を行えます」

「リーゼ、お前何を……」

ナルソンが顔をしかめる。

今しがた、ナルソンはジルコニアを説得したばかりであり、ラースの決闘を受けるなどもってのほかだ。

いくらジルコニアが剛力を持っているとはいえ、万が一ということもあり得る。

ナルソンはこれ以上、ジルコニアを危険に晒《さら》したくなかった。

「お父様。お母様はあんな男に、絶対に負けません。おそらく、勝負にもならないと思います」

「そんなことは分からないだろうが。いくらジルが強いといっても、相手はあの大男なんだぞ?」

「お父様は剣を持ったことがないから、そう思うんです。今の私たちにとって、体の大きさは関係ありません。私でも、彼を討ち取る自信があります」

真顔で言うリーゼに、ナルソン、ルグロ、一良《かずら》が驚いた顔になる。

リーゼがジルコニアに目を向ける。

「お母様、彼に勝つ自信はありますか?」

「あるに決まってるでしょ。5つ数える間に、喉笛を切り裂いてやるわ」

ジルコニアがつまらなそうに言う。

昨夜、ジルコニアはマルケスの軍団要塞に乗り込んだ時は、盾を構えた兵士を槍で盾ごと粉《ふん》砕《さい》して数メートル吹き飛ばしたり、2人まとめて薙ぎ払ったりしていたのだ。

相手がどんな大男で怪力を持っていたとしても、あくまでもそれは人間の力の範疇である。日本産の食べ物で怪物を髣髴とさせる剛力を備えた今、ジルコニアはどんな達人が相手だろうと負ける気がしなかった。

リーゼが頷き、ナルソンに目を向ける。

「あくまでも、1つの案です。ただ、今の我々には時間が必要です。この機を逃すのは、得策ではないかと思います」

「む……」

ナルソンが唸る。

決闘を受けることを餌《えさ》に時間稼ぎをするというのは、確かに魅力的な案だ。

昨夜の戦いで陣地は少なくない被害を受けており、負傷兵も大量に出ている。

陣地の補修と負傷兵の治療、そしてなによりも、ガソリンや火薬を補給するための時間は喉から手が出るほどに欲しい。

「……ジル、本当に大丈夫なのか？」

「大丈夫だって。こう言ったらなんだけど、ナルソンだって、素手ならあいつをねじ伏せることができると思うわよ？」

「むう……」

ナルソンが自分の右手を見つめる。

今まで力試しなどしたことがなかったので、自分の体がどれほど強化されているのか、ナルソンは分かっていない。

「ですが、お父様が心配されていることも分かります。先ほどお伝えした戦場掃除の案の代案として、考えておいてください」

リーゼはアイザックたちを待っている間、ナルソンに戦場に散らばる死体の処理を口実に、一時的な休戦をバルベール軍に申し出ることを提案していた。

もとよりナルソンもそのつもりだったようで、提案はすぐに了承された。

「……そうか。確かに、我らには時間が必要だな」

ナルソンがジルコニアに目を向ける。

「だが、決闘などしないに越したことはない。できる限り、回避する方向でいくぞ」

「はあ……まあ、ナルソンに任せるわ。好きにして」

ジルコニアは辟易した様子でそう言いながら、ラタに飛び乗るのだった。


陣地に布陣する兵士たちの間を縫って、一良《かずら》たちは丘を下る。

兵士たちは皆、何が始まるのかと緊張した様子でそれを見送っている。

「む、何か言い争ってますね」

丘を下った先では、ラース、カイレン、長髪細身の男が何やら言い争っていた。

ラースはかなり興奮しているのか、カイレンたちに怒り顔で怒鳴っている。

「ふざけんな！」という怒声が、こちらまで響いてきた。

ラースたちの背後200メートルほどの位置には、彼らの兵士たちがずらりと並んでこちらを窺《うかが》っていた。

「すごく怒ってるみたいですね……カズラさん、向こうについたら、私の後ろにいてくださいね」

バレッタがラースを睨みながら、隣を走る一良《かずら》に言う。

「分かりました。でも、何かあったらとっとと逃げましょう」

「ですね。ナルソン様、それでいいですよね？」

「ああ。アイザック、ハベル、万が一の時はお前たちと近衛兵で対処しろ。その間に私たちは逃げるからな」

「「はっ！」」

「はあ。私にやらせればそれで済むのに……あら？」

ジルコニアがぼやいた時、左手に広がる森の中から、巨大な白いウリボウと真っ黒なウリボウがラースたちの下へとかなりの速度で駆け寄っていくのが見えた。

彼らの背後にいたラタたちが恐慌状態になって大暴れし、手綱を掴む兵士たちを振り払って方々へと逃げ去って行く。

他の兵士たちが剣を抜き、ラースたちを守るようにして隊列を組んだ。

2匹のウリボウはその10メートルほど手前で止まり、ラースたちを睨みつけている。

「おお。オルマシオール様も来てくださるとは……カズラ殿が呼んだのですか？」

ナルソンが喜びの色が混じった声で一良《かずら》に聞く。

「い、いえ。俺は呼んでないです。心配になって出て来てくれたんじゃないですかね」

「そうですか。よし、オルマシオール様の後ろから話すこととしましょう。皆、付いて来い」

ナルソンがラタの腹を蹴り、ウリボウの下へと走る。

ウリボウまであと100メートルといったところでラタが明らかに怯え出したので、皆はいったん停止してラタから降りた。

数名の近衛兵にラタを預け、皆でウリボウの下へと徒歩で向かう。

「ジルコニアアアッ！　さっさとこっちに来やがれ！　ぶっ殺してやる！」

ウリボウの背後10メートルほどに一良《かずら》たちが近づいた時、ラースが額に青筋を浮かべてジルコニアに吠えた。

腰の剣を抜こうとするラースを、両脇にいたカイレンと長髪の男が慌てて押さえつけた。

「このバカ！　やめろって！」

「兄上！　落ち着いてください！」

「カイレン、お前は黙ってろ！　ラッカ、てめえまで何言ってやがるんだ！」

両脇から腕を押さえてくるカイレンと長髪の男――ラッカ――を、ラースが憤怒の表情で怒鳴りつけた。

「黙ってられるか！　勝手な真似すんじゃねえよ！」

「兄上、冷静になってください！　危険です！」

「うるせえ！　ウリボウが何だってんだ！　ジルコニアと一緒にたたっ斬ってやる！　離しや

がれ！」

騒ぐラースたちを見やりながら、皆はウリボウたちのすぐ後ろまで歩み寄った。

白いウリボウはその体躯が成牛ほどもあり、巨大な狼のような見た目も相まってすさまじい威圧感だ。

ナルソンが恐る恐るといった様子で、斜め後ろから巨躯のウリボウの顔を窺う。

「……オルマシオール様。このたびはご助力、ありがとうございます」

ナルソンが小声で巨躯のウリボウに声をかけると、ウリボウはちらりと彼を見た。

ナルソンが、びくっと身をすくめる。

ウリボウは、ふん、と鼻を鳴らし、再びラースたちに目を戻した。

「お、お聞きしたいのですが、砦に向かってくるバルベール軍の行軍を倒木などを使って妨害してくださったのは、オルマシオール様なのでしょうか？」

「……」

「あ、あの？」

何の反応も返さない巨躯のウリボウに、ナルソンが戸惑った声を漏らす。

「え、えっと、ナルソンさん。彼らはあんまり話すのが好きじゃないみたいなんで。ラースさんたちとの話を進めちゃいましょう」

「む、そうでしたか。分かりました」

ナルソンが「失礼いたします」と巨躯のウリボウに声をかけ、隣に並ぶ。

するとそれまで巨躯のウリボウの隣にいた黒いウリボウが、身を翻して一良《かずら》の隣にやって来た。

ちょこんと腰を下ろし、一良《かずら》の顔を数秒見てラースたちに視線を戻す。

「もしかして、俺を守るために出て来てくれたんですか？」

小声で聞く一良《かずら》に、黒いウリボウが再び一良《かずら》に顔を向け、目元を緩めてわずかに口角を上げた。

「……ありがとうございます。後で、コルツ君のことで話したいことがあります。今夜にでも、俺の部屋に来てもらえますか？」

黒いウリボウはわずかに目を細めて頷き、ラースに視線を戻した。

「ラース将軍」

カイレンたちを引き剥《は》がそうとしているラースに、ナルソンが声をかける。

「すまないが、決闘の話は無しにしてくれ。文句があるなら、戦で決着をつければいいだろう？」

「ふざけんなッ！」

ラースがすぐさま、バカでかい声量でナルソンを怒鳴りつけた。

あまりの大声に、一良《かずら》たちは思わずびくっと肩を跳ねさせてしまう。

黒いウリボウは迷惑そうに顔をしかめ、ぺたんと耳を後ろに伏せた。

耳を塞《ふさ》いでいるらしい。

「よくもアーシャを殺しやがったな⁉　ジルコニア！　お前だけは絶対に許さねえ！」

「アーシャ？」

初めて聞く名に、ナルソンが怪訝な顔になる。

リーゼは表情を強張らせ、隣に立つジルコニアに目を向けた。

先ほどまで面倒くさそうな表情をしていたジルコニアの顔が、真顔になっていた。

「おい！　ラース！」

「うるせえっ！」

肩を掴んで止めようとするカイレンをラースは力任せに振り払うと、彼の頬《ほほ》を思いきり殴り飛ばした。

ゴッ、と鈍い音が響き、カイレンが口から血を飛ばしながら吹っ飛んで倒れる。

「兄上！」

「てめえも邪魔だ！」

「がっ⁉」

ラースが反対側の腕を押さえていたラッカをも殴り飛ばす。

カイレンと同様、ラッカも派手に吹き飛んで地面を転がった。

驚いたティティスが慌ててカイレンに駆け寄り、ラースを睨みつけた。

「カイレン様！　ラースさん、何をするのですかっ！」

「黙れ」

ラースが彼女を睨みつけ、ドスの利いた声で言う。

「次に余計な口を利いてみろ。腕をへし折ってやる。脅《おど》しじゃねえぞ」

「っ！」

表情を引きつらせるティティスに構わず、ラースはジルコニアに目を向けた。

「答えろ、ジルコニア。どうしてアーシャを殺した？」

「……あの娘の仇を討ちに来たの？」

ジルコニアが問いかけると、ラースは額に青筋を浮かべた。

「ああ、そうだ。お前が殺したんだな？」

「ええ。私が殺したわ」

「なぜだ⁉　お前が殺したがってたのはマルケスだけだろうが！　関係のないあいつを、なぜ殺した⁉」

カイレンの口の血をハンカチで拭っていたティティスが、「え？」と小さく声を漏らした。

「っ！　ラース！」

カイレンが慌てた顔でラースに叫ぶ。

ラースは気にも留めぬ様子で、ジルコニアを見据えている。

「なぜって？　あの男の家族だからよ」

ジルコニアが真っすぐにラースを見つめて答える。

「そんな理由で、年端もいかないガキを――」

「あいつに殺された私の妹は、10歳だったけど？」

ジルコニアがつまらなそうに吐き捨てる。

「自分たちのやったことは棚に上げて、ずいぶんと勝手な言い草ね。おあいこでしょ？」

「お、おあいこ……だと……？」

「ジル」

挑発とも取れる言葉を吐くジルコニアに、ナルソンが険しい表情で声をかける。

「ナルソン、彼は私に復讐《ふくしゅう》をしに来たのよ。このままじゃ、収まりがつかないわ」

「しかし……」

「……ジルコニアの言うとおりだ」

ラースが怒りに身を震わせながら、凄みの利いた笑みを浮かべる。

「おあいこか。確かにそうだ。だがな、それならこっちの申し出も受けてもらわねえとな」

ラースが腰の剣に手をかけ、一気に抜き放った。

分厚い大剣ともいえるほどのそれが、ぶんっ、と空気を切り裂く音が響く。

「昨日の晩はお前の仇討ちに手を貸してやったんだ。おあいこって言うんなら、今度はそっちが協力する番だろう?」

「……え?」

ティティスが、唖然とした声を漏らした。

「手を貸してって……カ、カイレン様?」

「……っ」

カイレンがギリッと歯を噛み締め、無言でラースを睨む。

そんな彼の様子に、ティティスは顔面蒼白になった。

「そ、そんな……じゃあ、昨夜の襲撃は……」

「ジルコニアさん、やっぱり、決闘なんてやめましょう。危険すぎますよ」

そんななか、一良《かずら》が背後に立つジルコニアに振り返り、小声で話しかけた。

「時間稼ぎなら、戦場掃除の提案をすれば何日か稼げます。ジルコニアさんが戦わなくたって
――」

「このままじゃ、同じことの繰り返しですよ」

ジルコニアがラースを見つめたまま、小声で言う。

「え?」

「やっぱり、ここで終わらせないと。大丈夫、私を信じてください」

「おい！　何をコソコソ話してやがる⁉」

ラースが一良《かずら》とジルコニアに向かって怒鳴る。

今にもこちらに一歩踏み出さんばかりの勢いだ。

一良《かずら》の隣にいた黒いウリボウが腰を上げ、ラースを睨みつけて低い唸り声を上げる。

巨躯のウリボウもわずかに身をかがめ、唸り声を上げた。

「分かった。その申し出、受けてあげる」

ジルコニアが、静かに言う。

ラースが険しい表情のまま、「ちっ」と舌打ちをする。

「何が『受けてあげる』だ。元々そういう約束だっただろうが」

「ごめんなさいね。こっちもいろいろと事情があって」

ジルコニアがラースに苦笑を向ける。

「でも、将軍同士の決闘って、両軍がそろってる前でやるものなんじゃない？　こんなふうにばたばたした状況でやるものじゃないわよね？」

「あ？　何が言いたい？」

「戦場に放置されてる死者たちを弔ってから、でどうかしら？　そっちの兵士たちもちゃんと集めて、皆の前で決闘するの。どう？」

「……その時なら、正々堂々と決闘するってんだな？」

「ええ」

ラースは顔をしかめ、少し考えている様子だ。

数秒の沈黙が流れ、彼は口を開いた。

「よし、分かった。日時はどうする？　引き延ばそうなんて考えるんじゃねえぞ？」

「ナルソン、いつがいい？」

ジルコニアに話を振られ、ナルソンが考えるそぶりをする。

時間はあればあるほどいいが、あまり引き延ばそうとするとラースの怒りを買うだけだ。

相手も負傷者を後送したり兵器の補充をするだろうし、それも考慮して納得するような日数を提案する必要がある。

「……10日後でどうだ。それだけあれば、双方がすべての死体の回収と埋葬を済ますことができるだろう。死体を焼く手間もあるからな」

「ああ？　そりゃいくらなんでも——」

「げほっ……ラース、そうしろ。やるのは10日後だ」

カイレンがよろよろと立ち上がって血の混じった唾を吐き捨て、ラースに言う。

真っ白な顔色になっているティティスが、震えながらも彼を支えた。

ラースが、ちっ、と舌打ちをする。

「分かった、それでいい。いいか、逃げるんじゃねえぞ。死んだお前の家族に、今ここで誓え」

「……誓うわ」

ジルコニアの返答を聞き、ラースが剣を鞘にしまう。

「忘れんなよ。それと、次は必ずお前１人で出て来い。正真正銘、邪魔だてなしの一対一の決闘だ」

「ええ」

ラースは頷くと、踵《きびす》を返して自軍の方へと歩き出した。

カイレンやラッカたちも、その後に無言で続く。

一良《かずら》たちは去って行く彼らの背を、しばらくその場で見送っていた。

「……ジル、本当に大丈夫なんだろうな？」

「絶対に大丈夫。任せておいて」

近衛兵たちがラタを連れてくるのを眺めながら、ナルソンがジルコニアに言う。

「彼の性格なら、下手な小細工は絶対にさせないはずだし。まともに一対一で戦うなら、絶対に負けないわ」

「うむ……だが、先ほどカズラ殿に言っていた、『ここで終わらせないと』とはどういう意味だ？」

「あら、聞こえてたの？」

「ああ」

ナルソンが頷く。

ジルコニアはリーゼに目を向け、その頭を優しく撫でた。

「もう、復讐するのもされるのも、たくさんなの。あいつをこのまま放っておいたら、リーゼやナルソンが標的にされるかもしれない。それだけは、絶対にさせたくないから」

「お母様……」

リーゼがジルコニアを見る。

「あの男を上手くあしらえば、ここで復讐の連鎖を止めることができるかもしれない。リーゼやナルソンを、私の巻き添えにしたくないの」

「上手くあしらう？　どうするというんだ？」

困惑顔のナルソンに、ジルコニアが目を向ける。

「あいつは、殺さない」

「どういうことだ。ちゃんと説明しろ」

「あいつを叩きのめして、他の連中が私に手を出さないように約束させる。それしか方法がないわ」

「……殺さずに負けを認めさせて、またかかってこいとでも言うつもりか？　そうすれば、ラースは他の者には手を出させないと？」

「ええ」

頷くジルコニアに、ナルソンが唸る。

「そう上手くいくとは思えんが……」

「あの男の性格なら、きっと大丈夫。あの男も、私と同じ目をしていたから」

「だが、軍同士の戦いの最中にあいつが死んでしまったら、何の意味もないではないか」

「それでも、やる価値はあると思うわ」

毅然とした表情で、ジルコニアが言う。

「だから、敵軍を砲撃する時は、あいつのいない場所を狙ってほしいの。丘の上から双眼鏡で見れば、あの大男なら目立つし、分かるでしょ？」

「それは構わないが……やはり、決闘というのは……」

「大丈夫。少しは信用してよ。上手くやってみせるから」

「うむ……」

「時間は十分に稼げそうだし、決闘で私がラースを打ち負かせば味方の士気は上がって敵は下がる。こっちにとって、得しかない。最善だと思うけど？」

ナルソンが再び唸る。

結局、決闘を受けることになってしまったが、もし、無理矢理ラースの申し出を突っぱねていたらどうなっていたか。

戦場掃除の提案は受け入れられたかもしれないが、先ほど提案したほどの日数は稼げなかったかもしれない。

異議を唱えようとしたラースに、カイレンは軍の立て直しを考えて10日間という長すぎるとも思われる休戦期間の申し出を了承させたのだろう。

だが、決闘を受けていなかったら、ラースに突っぱねられていた可能性が高い。

大局的に見れば、ジルコニアの言っていることのほうが正しいだろう。

「……妻の命よりも、国の命運か。まったく、ろくでもない」

「え?」

「ジル」

ナルソンがジルコニアに真剣な目を向ける。

「危ない真似をするのは、本当にこれで最後だぞ」

「ええ。その後は、何でもあなたの望みどおりにするから」

「絶対だな。先ほどのラースではないが、殺されてしまったお前の家族に、今ここで誓ってくれ」

「誓うわ」

「分かった」

「ナルソンさん……」

一良《かずら》が困惑した表情でナルソンを見る。

ナルソンはやれやれといったふうに、一良《かずら》に苦笑を向けた。

「ジルは一度言いだしたら聞きませんからな。それに、本当にこれで終わりにすると言っているのです。兵たちの士気を下げるわけにもいきませんし、やらせるしかないでしょう」

「そ、その……本当に大丈夫ですかね？」

一良《かずら》が不安そうな顔でジルコニアを見る。

ジルコニアは、一良《かずら》ににっこりと微笑んだ。

「大丈夫ですよ。何なら、アイザックと立ち会って見せましょうか？」

「えっ⁉」

ジルコニアが言うと、アイザックがぎょっとした顔になった。

「少なくとも、ラースが剛力を備えたアイザックよりも強いとは思えません。アイザックを叩きのめせれば、十分証明になると思いますけど」

「勘弁してください！　私なんかがジルコニア様の相手になるわけがないですって！」

恐ろしい提案に、アイザックが焦り顔で言う。

「そう？　前に手合わせした時からしばらく経ってるし、剛力も備わってるし。今ならいい線いけるんじゃない？」

「絶対無理ですって！　たとえジルコニア様が剛力を持っていない状態だったとしても、いまだに勝てる気がしないです！」

アイザックはバルベール軍が砦を攻めてきた際の、ジルコニア（未強化）が敵兵と斬り合っている姿を間近で見ている。

それはまさに人間離れした強さであり、何をどうやったらあそこまで強くなれるのかと驚愕した。

自分とて一良《かずら》の持ってきた食べ物のおかげで剛力を得てはいるのだが、それを差し引いても歯が立つとはとても思えなかった。

身体能力云々よりも、実戦経験の差による技術力の差が、あまりにも大きすぎるのだ。

「んー……じゃあ、後で訓練の相手になって。万全の状態で、10日後に臨みたいから」

「う……かしこまりました……」

アイザックが表情を引きつらせながらも頷く。

見つからないようにと一良《かずら》の背後に隠れていたハベルにも、ジルコニアは目を向けた。

「ハベル、あなたもよろしくね」

「……はい」

「さ、戻りましょ。戦死者の弔いをしないとね」

げっそりした顔でうなだれるハベルとアイザックを横目に、ジルコニアはさっさとラタに跨るのだった。

砦に戻ると、門のすぐ外で待っていたマリーがほっとした様子で出迎えた。

エイラもおり、2人とも戦々恐々とした思いでラースたちと話す皆を見ていたようだ。

「よかった……決闘は無しになったのですね？」

ラタから降りる一良《かずら》に、エイラが話しかける。

「あ、いえ……また日を改めてやることになっちゃって」

「えっ……ということは、ジルコニア様が、あの大男と？」

エイラが心配げな目をジルコニアに向ける。

ジルコニアはラタから降りながら、エイラに苦笑を向けた。

「大丈夫よ。私にはグレイシオール様が付いているんだから。ね、リーゼ」

ジルコニアに話を振られたリーゼが不安げな目を向ける。

「お母様……本当に、大丈夫ですか？」

「何よ。決闘で時間稼ぎする案を出したのはあなたじゃない。今さら、不安になったの？」

「いえ、その心配ではなく……まさか、わざと殺されるつもりでは……」

リーゼの言葉に、周囲の者たちがぎょっとした顔になる。

もしジルコニアがラースに殺されれば、当然ながらラースの復讐はそこで終わりだ。

こちらの兵士たちは落胆するだろうが、弔い合戦とナルソンが号令をかければ士気は上がるだろう。

昨夜のアーシャの件と、先ほどジルコニアが語っていたのを聞いて、もしやジルコニアは死ぬつもりなのでは、という考えがリーゼの頭をよぎったのだ。

「大丈夫よ。そんなこと、これっぽっちも考えてないから」

ジルコニアがリーゼに優しく微笑む。

リーゼはなおも不安そうな目をジルコニアに向けている。

「そんな、すべてを投げ出して逃げるような真似はしない。安心して」

「……はい」

リーゼはジルコニアの目をじっと見つめ、その言葉が嘘ではないと判断して頷いた。

「エイラ、殿下はどこ？」

「南にある死体置き場へ向かわれました。身元の確認と、火葬のお手伝いをするとのことで」

「そう。ナルソン、私たちも行きましょう」

「うむ……ジル、リーゼの言ったことだが、まさかまた、私たちを欺いて――」

「そんなことしないって。もう二度と、あなたに嘘はつかないわ」

ジルコニアが即答する。

ナルソンは不安なのか、険しい顔つきだ。

「……むう」

「『むう』じゃないわよ。これだけ言ってるんだから、信用してくれてもいいじゃない」

「今まで散々勝手をやっておいて、どの口が言うんだ。このバカ者が」

やれやれ、とナルソンはため息をつくと、ラタに跨った。

ジルコニアも彼に続き、ラタに跨る。

「では、我々は殿下のところへ向かいます。カズラ殿はどうされますか？」

ナルソンが一良《かずら》に目を向ける。

「俺はコルツ君のところに戻ります。リーゼとバレッタさんは？」

「私はお母様たちと一緒に行くよ」

「私は治療院でお手伝いをすることにします。あと、ジルコニア様」

バレッタがジルコニアに声をかける。

「お願いしたラタの件ですが、治療院の前に用意していただけると。今日中に、薬の製造を始めたいので」

「ああ、そうだったわね。すぐに用意させるから」

「はい。お願いします」

そうして一良《かずら》とバレッタはジルコニアたちと別れ、治療院へと小走りで向かった。

アイザックやエイラたちは、それぞれ別の仕事があるとのことでそれぞれの持ち場へと戻って行った。

「ジルコニアさん、本当に大丈夫ですかね？　あんな大男相手に、殺さずに叩きのめすとか言ってましたけど……」

治療院へと向かって走りながら、一良《かずら》がバレッタに話しかける。

「一対一なら大丈夫な気がしますよ。よっぽど油断しない限りは、圧倒できるはずです」

「えっ、バレッタさん、ジルコニアさんの戦うところ見たことがあるんですか？」

にべもなく言うバレッタに、一良《かずら》が意外そうな目を向ける。

「見たことはないですけど、ジルコニア様ってシルベストリア様よりはるかに強いって話ですから」

バレッタがシルベストリアと訓練をしていた時のことを一良《かずら》に話す。

訓練開始当初、バレッタはシルベストリアにまったく歯が立たなかった。

腕力ではバレッタが圧倒していたのだが、剣を使った立ち回りとなると、シルベストリアの剣戟に反応しきれなかったのだ。

ただ単に動きの速さだけではなく、フェイントや受け流しといった技術面での部分で圧倒されたのである。

訓練が進むにつれて、驚異的な早さで技術を身に付けたバレッタはシルベストリアに対抗できるようになり、訓練の終わり頃にはバレッタのほうが強くなっていた。

しかし、今はシルベストリアも身体能力強化済みだ。

まともに立ち会ったとして、バレッタはまったく勝てる気がしなかった。

「ああ、リーゼも前にそんなこと言ってましたね。一方的にボコボコにしてたって」

「はい。なので、大丈夫だと思います。今はカズラさんの食べ物のおかげで、力持ちになってますし」

そう言いながら走るバレッタの手足を、一良《かずら》が見る。

怪力が備わるならばもっと筋骨隆々としていてもよさそうなものなのだが、バレッタのそれはか細いままだ。

「あ、あの、どうしました？」

あからさまにじろじろと見られ、バレッタが少し恥ずかしそうに言う。

「あ、いや、何でもないです」

そうしてしばらく走り、２人は治療院へと戻ってきた。

中ではまだ治療が行われているが、どの患者にも精油が使われているようで、治療の痛みに悲鳴を上げている者はいない。

「あっ、コルツ君！」

奥のベッドに腰かけているコルツを一良《かずら》は見つけ、バレッタと駆け寄った。

傍にはニィナやシルベストリアたちがおり、心配そうにコルッに何やら話しかけている様子だ。

コルッは涙目でうつむいており、じっと口を閉ざしている。

「コルッ君」

「っ！」

コルッが一良《かずら》に気づき、顔を上げる。

そして、ぼろぼろと涙を零し始めた。

「コルッ君、本当にごめん。腕は――」

「カズラ様、ごめんなさいっ」

おずおずと話しかけた一良《かずら》に、コルッは叫ぶように言うとしゃくりあげて泣き出してしまった。

勝手に砦についてきたことを謝っているのかと、一良《かずら》がコルッの頭を撫でる。

「ううん。俺のほうこそ、コルッ君をこんな目に遭わせちゃって――」

言いかけた一良《かずら》に、コルッがぶんぶんと首を振った。

「俺がっ、全部悪いんだっ！　俺が、ばらしちゃったからっ！」

「え？　何のことを言ってるんだい？」

困惑する一良《かずら》を、コルッが涙に濡れた瞳で見上げる。

なくなってしまった左腕のことで泣いているのかと思ったのだが。

「カズラ様のこと、俺がアイザックさんにばらしちゃったんだっ。誰にも言うなって言われてたのに、俺っ……うぅっ」

「……もしかして、1年前に村でカズラさんがアイザックさんに捕まった時のこと？」

すぐには思い至らない一良《かずら》に代わり、バレッタがコルツに聞く。

コルツは右手で涙を拭い、しゃくりあげながら頷いた。

一良《かずら》と、傍で聞いていたニィナたちが、驚いた顔になる。

「えっ……じゃ、じゃあ、コルツ君はその時のことを……それで、俺のために？」

一良《かずら》が愕然とした顔になる。

まさか、コルツがその時のことを今までずっと悔やんでおり、そのために尽くそうとしていたとは。

ずっと苦しんでいた彼の想いも知らず、黒い女性に言われたことを守ろうとしているだけだと、単純に考えていた。

その結果、片腕を無くすという取り返しのつかない大怪我を負わせてしまった。

腕を無くしたことよりも、一良《かずら》のことをアイザックに話してしまったことを謝るコルツは、いったい今までどれほど悩み苦しんでいたのだろう。

一良《かずら》は途方もない無力感に襲われ、頭が真っ白になった。

「ごめんなさい……カズラ様、ごめんなさい……っ！」

泣きじゃくるコルツの頭を、一良《かずら》は震える手でそっと撫でた。

「コルツ君は何も悪くないよ」

コルツが顔を上げて一良《かずら》を見る。

深い悲しみと恐れを含んだその表情に、一良《かずら》は胸が締め付けられた。

「よく、頑張ったね。そんなになるまで……よくっ……」

一良《かずら》は続けて言葉を出そうとするが、喉が詰まって何も言えなくなってしまう。

コルツに泣き顔を見せるわけにはいかないのに、溢れる涙を止めることができなかった。

「俺が全部悪いんだ！　俺――」

「コルツ！」

その時、入口から声が響き、皆がそちらに振り返った。

息を切らせたコルツの両親のユマとコーネルが、コルツに駆け寄る。

「コルツ！　ああ、よかっ……え？」

げっそりとやつれた顔のユマが、コルツの左腕がないことに気づき、その泣き顔が愕然としたものになった。

「お、おい、その腕……」

「父ちゃん……母ちゃん……っ！」

コルツが泣きじゃくりながら、ユマの胸に飛び込む。

呆然とした様子でコルツを抱きとめるユマと、それを見つめるコーネル。

バレッタは彼らにそっと近づき、ユマの肩に手をかけた。

「皆さん、いったん別の部屋へ。カズラさん……」

「っ……は……い」

一良《かずら》は涙を腕で拭い、ユマたちをうながして宿舎へと足を向けるのだった。

宿舎の一良《かずら》の部屋に移動した一行は、コルツから今までのいきさつを聞いていた。

シルベストリアとセレットは、それぞれ職務に戻っており、この場にはいない。

コルツはすでに泣き止んでおり、ユマの膝の上に座って一良《かずら》たちに話をしている。

コルツには一良《かずら》が日本で仕入れてきた鎮痛剤を飲ませているのだが、額には汗が浮かんでいる。

やはり、術後の痛みはあるようだ。

「そっか、ウッドベルさんが火薬を……」

一良《かずら》が険しい表情で唸る。

現場にはジルコニアが確認に行ったので、後ほど詳しく話を聞く必要がありそうだ。

シルベストリアや大勢の兵士たちととても親しくしていたというウッドベルが、まさか間者だったとは。

「うん……たぶん、お姉ちゃんが……オルマシオール様が俺に剣術を教えてくれたのは、この時のためだったんだ」

「コルツ君、ウッドベルさんはバルベールの間者だって言ってたけど、どうしてそう思ったの？」

一良《かずら》の隣で話を聞いていたバレッタが、コルツに問いかける。

「ウッドさん、この丘のことを『骸の丘』って言ってたんだ。そんな呼びかた、この国の人だったら絶対にしないから、そうなんじゃないかって」

「そう……ウッドベルさん本人の口からは、バルベールの人間だって話は聞いてないのね？」

「そうだけど……」

コルツは信用されていないと感じたのか、少し不満そうな顔になる。

バレッタとしては、ウッドベルがアルカディア国内の手の者か、バルベールの手の者なのか確証が持てていなかった。

「あっ。でも、ナルソン様は警備が厳重で近寄れないとか、火薬を盗むのは副任務とか言ってた」

「……それなら、バルベールの間者って線が濃厚だね」

バレッタが納得した様子で頷く。

ナルソンに近寄ろうとしたのは、おそらく暗殺が目的だろう。

となると、この決戦の最中に全軍の指揮を執っているナルソンを暗殺しようなどと、アルカディア王家や他領の者は考えないはずだ。

それに、国内の主だった者たちは「地獄の動画」を観ている。

地獄行き確定となってまで、そのようなことはしないだろう。

「あの、コルツ君。腕のことは、本当に——」

「腕なんて、どうでもいいよ」

おずおずと言う一良《かずら》に、コルツがうつむいて言う。

「そ、そんな。どうでもいいなんて……」

「俺が、カズラ様のことをアイザックさんにばらしちゃったんだ。カズラ様、ごめんなさい……」

「コルツ君……そこまで悩んで……」

片腕を無くしたことを「どうでもいい」など言うとは、と皆が沈痛な顔になる。

それほどまでに、コルツは一良《かずら》のことをアイザックに話した件を思い悩んでいたのだろう。

「コルツ君、そのことはいいんだよ。コルツ君が悪いわけじゃない。アイザックさんも自分の職務を全うしただけなんだ。恨まないでやってくれないかな」

「でも、アイザックさん、俺に嘘をついたんだ」

コルツが一良《かずら》を少し見上げる。

「俺、カズラ様に本当のことを言わなきゃいけなかったのに……怖くて、ずっと本当のこと、言えなかった……」

一良《かずら》はそれを聞いて、以前、村でアイザックたちに連れられてイステリアへ行くことになった時のことを思い出した。

あの時、コルツが何か言おうとしたのを、アイザックが不自然にさえぎった。

きっと、アイザックはコルツがあの場で自らの行いを話すことで、他の村人たちから責められることを防いだのだろう。

アイザックがどうやってコルツから聞き出したのかは分からないが、それを今コルツに聞くのもはばかられた。

「……どうして、大人は嘘をつくの？」

コルツが一良《かずら》を涙目で見つめて言う。

「アイザックさんも、ウッドさんも、メル姉ちゃんだって……それに……」

コルツがそこまで言い、口をつぐむ。

「メル姉ちゃん？」

「カズラ様、メルフィさんっていう、ウッドさんの彼女さんです」

ニィナが横から一良《かずら》に補足する。

「彼女ですか……それは、今頃大変な――」

「カズラ様、メル姉ちゃんに酷いことしないって、約束してくれる？」

唸る一良《かずら》を、コルツが真っすぐ見つめて言う。

「えっ？　酷いことって？」

「……約束してよ。俺、もう誰にも嘘はつかないし、騙したりもしない。だから、お願いだよ」

一良《かずら》が困惑した顔になる。

コルツがそこまで言うということは、何か重大な事柄かもしれない。

この場で頷くことは簡単だが、コルツの願いを聞き入れられるかは分からない。

「……コルツ君。悪いことをしたら、それ相応の罰《ばつ》が下ることもあるんだ」

一良《かずら》が言うと、コルツの体がびくっと震えた。

明らかに、動揺している様子だ。

「分かってほしい。もし、メルフィさんが何か悪いことをしたんだったら、俺はそれをナルソンさんに報告しなきゃいけない。内容によっては法の裁きを受けることになるかもしれないし、コルツ君の希望どおりになるかは分からない」

でも、と一良《かずら》が続ける。

「何か知っていることがあるなら、俺に話してくれないか。それは、放っておいていいことじゃないんだろ？」

「……うん。ダメだと、思う」

「コルツ君は、メルフィさんのこと、好きかい？」

一良《かずら》が諭すような口調で、コルツに語りかける。

コルツはこくりと頷いた。

「好きな人だったら、どんなに悪いことをしたとしても、コルツ君は庇《かば》うのかい？　それが、正しいことだと思う？」

「……」

コルツがうつむく。

とても卑怯な言いかたをしているということは、一良《かずら》とて理解している。

だけども、コルツに嘘をついてメルフィの行いを話させるような真似だけは、絶対にしてはいけないと考えていた。

もしそんなことをすれば、コルツは今後、大人の言うことを一切信じないようになってしまうだろう。

それに、この場でコルツが言いかけてしまっている時点で、彼に納得させたうえで話させるしかないのだ。

もしコルツがいろいろな経験をして一人前の大人になっていたならば、好きな人を守るために別の行動が取れただろうな、と頭の片隅で考える。

少なくとも、自分はそうするだろう。

「……悪いことだと思う」

長い沈黙の後、コルツがぽつりとつぶやいた。

顔を上げ、一良《かずら》を見る。

先ほどまでの怯えた顔ではなく、覚悟を決めた表情だ。

「……メル姉ちゃん、ウッドさんに言われて、ニィナ姉ちゃんの無線機を盗んだんだ」

「えっ⁉」

皆がぎょっとした顔になり、ニィナが驚いた声を上げた。

「え、ええっ⁉ 私の無線機、今もここにあるよ⁉ 盗まれてなんてないよ⁉」

ニィナが腰に付けていた無線機を手に持ち、ほら、と皆に見せる。

コルツはニィナに目を向けた。

「メル姉ちゃん、ニィナ姉ちゃんの部屋の鍵を盗んで、無線機を盗んだんだよ」

「鍵？ ……あっ！」

数日前に廊下でメルフィとぶつかった出来事を思い出し、ニィナがはっとした顔になる。

他の娘たちも、まさか、という顔つきになっていた。

「コルツ君、それは絶対にメルフィさんが盗んだって確信はあるのかい？」

一良《かずら》の問いかけに、コルツはすぐに頷いた。

「うん。俺、メル姉ちゃんがニィナ姉ちゃんの部屋に入って行くのを見たんだ」

「それで、無線機を持ち出したのを見たの？」

「違うよ。ウッドさんとメル姉ちゃんが兵舎の食事棟にいて、メル姉ちゃんが無線機を持ってきて……」

「コルツ君。ゆっくりでいいから、順番に話してくれる？　コルツ君がメルフィさんと会った日の初めから、順番に」

バレッタが優しい声で、コルツに言う。

コルツは頷くと、ぽつぽつとその日の出来事を話し出した。

隠れていた納骨堂を出て、水を飲みに食事棟へ入ったこと。

外を歩く一良《かずら》たちに気づいて息をひそめていたら、ウッドベルに見つかったこと。

メルフィが持ってきた無線機を手にしたウッドベルが、コルツに使いかたを聞いてきたこと。

その後、メルフィの後をつけて、ニィナの部屋に入って行ったのを見たこと。

話が終わると、室内に沈黙が流れた。

青い顔で震えているニィナの肩を、マヤが抱いている。

「それに、納骨堂でウッドさんが言ってたんだ。メル姉ちゃんのこと、『彼氏に頼まれたからって簡単に盗みを働くようなポンコツ』って」

「……そっか」

一良《かずら》が険しい表情でつぶやく。

メルフィのことは、このまま放置するわけにはいかない。

ナルソンに報告しなければならないし、彼女は捕縛されることになるだろう。

「ありがとう。よく話してくれたね」

一良《かずら》が微笑み、コルッツの頭を撫でる。

コルッツは不安そうな顔で一良《かずら》を見上げた。

「……カズラ様。俺、聞きたいことがあるんだ」

「うん、いいよ。何でも聞いて」

コルッツが口を開きかけ、ニィナやバレッタを見る。

「……カズラ様、バレッタ姉ちゃんも一緒に、3人だけで話してもいい？」

「うん、分かった。皆さん、少しの間、部屋の外に出ていてもらえますか？」

「はい。ニィナ、大丈夫？」

マヤが心配そうにニィナの顔を見る。

「……」

「私たちがついてるから。大丈夫だからね」

マヤたちに支えられるようにして、ニィナが部屋を出て行く。

コルツの両親も一緒に部屋を出て行き、室内には一良《かずら》、バレッタ、コルツの3人だけになった。

「聞きたいことって？」

ちょこんと椅子に座っているコルツに、一良《かずら》が聞く。

「……カズラ様は神様じゃないって、本当なの？」

「……えっ」

固まる一良《かずら》に、コルツが涙目を向ける。

「俺、カズラ様がリーゼ様とバレッタ姉ちゃんと歩きながら話してるの、食事棟の中から聞いてたんだ。『俺、ただの人間だぞ』って言ってたよね？」

「……」

「コルツ君、神様って、どんな存在だと思う？」

「え？」

答えられずにいる一良《かずら》に代わり、バレッタがコルツに話しかける。

「グレイシオール様の言い伝え、コルツ君も知ってるよね？」

「う、うん」

「どんなお話だった？」

「えっと……食べ物がなくて困ってた村の人たちに、たくさん食べ物を持ってきてくれて――」

コルツがグレイシオール伝説のあらましをかいつまんで話す。

バレッタはそれを黙って聞くと、コルツの前にしゃがみ込んで目線を合わせた。

「そうだね。それ、カズラさんのしてくれたことと、何か違いはあるかな？」

「お、同じだけど……でも、カズラ様、自分のことを人間だって言ったよ？」

「うん。でも、カズラさんのしてくれたことって、昔にグレイシオール様がしてくれたことと同じだよね。私たちにとって、カズラさんは神様と同じだと思うの」

「……」

考え込んでいるコルツ。

そういう話ではない、ということはバレッタも分かっている。

「確かに、カズラさんは自分のことを神様じゃないって言ってる。でも、私たちにとっては、グレイシオール様そのものだよね？」

「うん」

コルツが頷く。

実際に一良《かずら》が村を救ってくれたことは確かだし、貰った食べ物のおかげでこうして剛力を得ていることも言い伝えと同じだ。

「カズラさんはね、私たちのために、ずっと尽くしてきてくれた。私たちを守るために、ずっとグレイシオール様として振る舞ってくれているの」

「……俺たちのために、カズラ様は嘘をついてるの？」

「うん。もし本当のことがバレたら、皆に恨まれるかもしれない。それが分かってても、私たちのためにグレイシオール様になりきってくれてるの」

「……」

コルツが口を閉ざす。

真剣な表情で、必死に考えている様子だ。

バレッタはちらりと一良《かずら》を見た。

「……コルツ君、バレッタさんの言うとおりなんだ」

一良《かずら》が絞り出すような声でコルツに言う。

「皆を騙してることは、本当にすまないと思ってる。すごく卑怯な言い方になっちゃうけど、こうするしかなかったんだ」

「コルツ君。カズラさんにグレイシオール様だって嘘をつくように言ったのは私なの。あの時は、そうするしかなかったから」

「……うん」

コルツが頷き、一良《かずら》を見る。

「じゃあ、カズラ様はどこの誰なの？」

「グリセア村の雑木林の先にある、別の世界に繋がってる扉から来たんだ。日本っていうところなんだけど」

一良《かずら》が答えると、コルツは困惑した顔になった。

「日本っていう世界から、食べ物とか持ってきて俺たちを助けてくれたの？」

「うん。そうだよ」

「病気だった人がすぐに元気になったのも、俺たちが力持ちになったのも、カズラ様が持ってきた食べ物を食べたからだよね？」

「そうだね」

「なら、カズラ様、グレイシオール様じゃん。嘘ついてないじゃん」

「え」

一良《かずら》とバレッタが驚いた顔になる。

「だって、言い伝えのままだもん。カズラ様、グレイシオール様じゃん」

「い、いや、俺は普通の人間だよ。別の世界から来たってだけで」

「別の世界から来て皆を助けてくれる人が、グレイシオール様なんでしょ？　カズラ様、神様じゃん」

ぽかんとした表情になる一良《かずら》。

バレッタはコルツの指摘に、「確かに」と思わず内心頷いてしまった。

考えかた一つで神様の定義はこうも簡単に変わるのかと、感心してしまう。

「こういう存在」、と言い伝えと合わさって明確に定義されているのは、こちらの世界ではグレイシオールくらいだろう。

コルツの言い分に、何一つ間違いはない。

「よかった……カズラ様、嘘つきじゃなかったんだ」

「う、うーん……ん？」

ほっとしているコルツと、唸る一良《かずら》。

バレッタも予想外の展開ながら、2人の間にしこりができずにほっとした顔をしている。

「う……バレッタ姉ちゃん、腕が痛い。ズキズキする」

コルツが顔をしかめ、無くなった左腕を見た。

「あ、ちょっと待ってね。今、お薬をあげるから」

バレッタがポケットからカモミールの精油瓶を取り出し、ハンカチに数滴垂らす。

コルツにそれを数秒嗅がせると痛みが治まったようで、穏やかな顔になった。

ラベンダーの精油とは違い、こちらは意識が朦朧とはしない様子だ。

「今日はもう休んだほうがいいよ。ここの客室が使えるから」

「うん……あの、カズラ様」

　コルツが一良《かずら》に不安そうな顔でうつむく。

「メル姉ちゃんに、俺がウッドさんを……殺しちゃったってこと、話すの？」

「話さないよ。コルツ君も、そのことは誰にも話しちゃいけないよ」

「うん……シア姉ちゃんにも？」

「……そうだね。もう何か話しちゃってたりする？」

「ううん。話してない。でも、シア姉ちゃんには、全部話しておきたいんだ」

　コルツが一良《かずら》を見る。

「シア姉ちゃんには、隠しごとはしたくない」

「……そっか。分かった」

　一良《かずら》がコルツの頭を撫でて微笑む。

　コルツにとって、シルベストリアは本当に信頼できる人なのだろう。

　シルベストリアだったら、そのことを知ってもコルツに優しく接してくれるはずだ。

　きっと、彼のことを一番に考えて行動してくれるに違いない。

「じゃあ、そのことは俺から話しておくのでもいいかな？」

「ううん。俺が自分で話したい」

「……ん。分かった」

　こうして話は終わり、一良《かずら》とバレッタはコルツを両親と一緒に客室へと送ったのだった。

第3章　オルマシオール

その日の夜。

一良《かずら》は宿舎の屋上で、ナルソンとともに広場から立ち上る煙を眺めていた。

延々と上がり続ける煙は、戦死者たちが火葬されているものだ。

現在季節は夏であり、死体を放置し続けると腐敗して疫病が蔓延する恐れがある。

そのため、身元を確認次第、大急ぎで火葬を行っているというわけだ。

バルベール側にも戦場掃除の通達はなされており、使者が了解の返事を携えて先ほどやって来た。

明日にでも、彼らも死体の回収を始めることだろう。

その間は戦闘行為は一切しないということになっている。

バルベール軍としても大きな痛手を被った直後であり、立て直しの時間が必要なようだ。

「……そうですか。納骨堂でジルが調査したものと併せると、ウッドベルは間者ということで間違いなさそうですな」

ウッドベルに関する話を聞いたナルソンが、煙を見つめながら言う。

「はい。コルツ君が火薬の持ち出しを未然に防いでくれたみたいです」

「しかし、徴募兵の中に間者が混じっていたとは……」

やれやれとナルソンがため息をつく。

「今一度、全兵士の身元確認をせねばなりません。それで他の間者の炙り出しができるかは、難しいとは思いますが」

「まあ、やらないよりはマシですよね……それで、メルフィさんについてなんですけど、どうするつもりです？」

「それなのですが、扱いが難しく、頭を痛めました……」

メルフィの父親は近衛兵であり、弾薬庫管理の責任者だ。

近衛兵であるうえにかなりの地位にいた彼女の父親は、バイクの存在や無線機の存在を知っており、それに加えて地獄の動画を見ている。

彼がアルカディアに対して裏切り行為をした可能性は低く、無線機の窃盗には関与していないというのがナルソンの見解だ。

とはいえ、彼の娘がそんな大罪を犯してしまっていたとなれば、処罰しないわけにもいかない。

しかし、処罰したらしたで、いったい何をやらかしたんだ、という疑念が他の者に生まれてしまう。

当然、父親も連帯責任を負うことになり、いったいどんな大罪を、といった噂話《うわさ》が広まるだろう。

「軍部での窃盗は重罪です。それも、軍の機密品である無線機を盗み出したことは、ウッドベルが間者だと知らなかったとしても許されるものではありません。間者への協力は謀反と同じなので、本来ならば処刑なのですが、今回はウッドベルが間者だったということは秘匿することになっています」

ウッドベルの正体は公にはせず、彼は侵入してきた間者と戦って名誉の戦死をとげた、という話にすることになっている。

間者に好き勝手やられていたということと、万が一にもコルツに疑惑の目が向くのを防ぐためだ。

ジルコニアが納骨堂で近衛兵長と話した内容が、そのまま採用されたかたちだった。

「メルフィはウッドベルと親密だったので、彼女を処罰すると『どういうことだ』と騒ぐ輩《やから》が必ず出るでしょう。ウッドベルは名誉の戦死扱いにせねばなりませんし、メルフィを処罰するには盗みを働いたことを公にせねばなりません。しかし、そうすると……」

「彼が死んだことと絡めて考えられたら、面倒なことになりかねませんね……」

「はい。なので、メルフィは当家で生涯飼い殺すしかないかと」

「彼女の父親も、ですね？」

「そうなります。なので、メルフィにも地獄の動画を見せたいのです。ウッドベルに関しては、作り話を聞かせることになります」

最悪、メルフィは奴隷化か処刑だと一良《かずら》は思っていたので、ナルソンの案は大歓迎だ。

もしメルフィが処刑されてしまったら、コルツが受ける衝撃は計り知れないものになるだろう。

代わりに、コルツにもメルフィに何か聞かれても、嘘をつき続けてもらわなければならないのだが。

「分かりました。メルフィさんには、無線機の盗み出しについては指摘するんですか？」

「はい。ニィナたちにも協力させ、他にも目撃者がいたということをでっちあげて尋問します。地獄の動画を見た後でしたら、正直に吐くでしょう」

「ですね……分かりました」

一良《かずら》が頷く。

「それと、俺は明日からグリセア村に戻ろうと思うんですが、ジルコニアさんも連れて行って大丈夫ですかね？」

「ジルを、ですか？　どういった用件で？」

「ここ最近、ジルコニアさんにとってつらい出来事ばかりだったので、気分転換になればと思って。リーゼも一緒に行ければ、少しの間ですけどのんびり過ごせるかなって」

「なるほど……分かりました。ぜひそうしてやってください」

ナルソンが一良《かずら》に微笑む。

「もしカズラ殿がいいようでしたら、できるだけジルの話し相手になってもらえませんか？　あいつは、カズラ殿といる時が一番自然体でいられるように感じますので」

「あ、はい。それはもちろん」

「ありがとうございます。私では、どうにも力不足のようでして」

ナルソンが石作りの柵に肘をかけ、広場の煙に目を戻す。

「この戦いが終わったら、ジルはイステール家を出るということになっています」

「……はい。俺もそれは、ジルコニアさんから聞きました」

一良《かずら》の答えに、ナルソンが頷く。

一良《かずら》がそれを聞いているのは、想定内のようだ。

「ジルは今まで、本当につらい想いばかりしてきました。戦争が終わったら、今までの分も幸せになってもらいたいのです」

「そうですね……ただ、リーゼが何と言うか。きっと、寂しがるでしょうね」

「そうですな。しかし、あいつももう大人です。きっと分かってくれるでしょう」

ナルソンが再び、一良《かずら》を見る。

「もし、カズラ殿さえよければ、そうなった折はジルの傍にいてやってはもらえないでしょうか？」

「えっ、お、俺がですか？」

驚く一良《かずら》に、ナルソンが煙に目を向けたまま薄く微笑む。

「はい。一人きりになって、よからぬことを考えないとも限りません。何か、生きる目的が彼女にも必要だと思うのです」

「う、うーん……ジルコニアさん、戦争が終わったらセレットさんの村に行くっていう話を聞いたことがあるんですよ。彼女と一緒に、その村で暮らすって」

「ええ。しかし、そんな隠遁暮らしのような真似をしなくても、もっと別の生きかたもあるのではと思いまして。まあ、考えておいてください」

「は、はあ」

そんな話をしていると、階段からバレッタが上がって来た。

2人がバレッタに振り返る。

「カズラさん」

「あ、バレッタさん。薬の製造、上手くいきましたか？」

「いえ、まだラタにコルツ君の腕から採取した血を注入したところです。あと2週間くらいしないと、ラタに抗体ができないので」

コルツの腕を切断した折、バレッタはその場にいた医者に頼んで、手術の際に出た血液を瓶に採取してもらっていた。

その血液は一良《かずら》の部屋にある冷蔵庫に保存しておき、先ほど回収してラタに注射したのだ。

約2週間後にはラタに抗体ができているはずなので、その血液を再度採取して、遠心分離にかけた後ろ過して血清を得るのだ。

「分離剤入りの採血管と遠心分離機が必要なんですが、カズラさん、お願いできますか？」

「もちろんです。科学実験用の物で大丈夫ですかね？」

「はい、それで大丈夫です。それと、保存用に遮光瓶と冷蔵庫も必要で」

「分かりました。一通り買ってきますね」

一良《かずら》がナルソンに目を向ける。

「それじゃ、俺はそろそろ部屋に戻りますね」

「はい。カズラ殿」

ナルソンが一良《かずら》に向き直り、深々と頭を下げる。

「我々のためにご尽力、本当にありがとうございます。カズラ殿には、いくら感謝してもしきれません」

「いやいや、半分は自分のためにやってるようなものですから」

一良《かずら》がナルソンに笑顔を向ける。

「前にも言いましたけど、俺だってナルソンさんたちにすごくよくしてもらってますし。お互い様ですよ」

「ありがとうございます。今後とも、よろしくお願いいたします」

そうしてナルソンと別れ、一良《かずら》とバレッタは屋上を後にした。

「バレッタさん、コルツ君の容体はどんな感じです?」

階段を降りながら、一良《かずら》がバレッタに聞く。

「落ち着いてますよ。今、ご両親と一緒に部屋で休んでます」

「痛みはなさそうですか?」

「いえ、やっぱり時々痛むみたいで。ユマさんに精油と鎮痛剤を渡しておいたので、大丈夫だとは思いますけど」

コルツはあれから発熱することもなく、時折痛みを訴える以外は落ち着いていた。

ユマも当初は左腕を失ってしまったコルツの姿に動揺していたが、ことのあらましを聞いて「頑張ったね」とコルツに優しく接していた。

父親のコーネルなど、「お前は俺たちの誇りだ」とコルツを褒め称えていた。

コルツもそれで安堵し、今までの胸のつかえが取れたように穏やかな表情になっていた。

「抗生剤があって、本当によかったです。コルツ君だけじゃなく、負傷した兵士さんたちも大勢助かると思います」

「ですね。しかし、金魚用のものでも抗生剤って効くんですね。俺、半信半疑だったんですけど」

「カズラさんに貰った文献のなかに、魚用の抗生剤は人間にも効いたっていう事例がありましたから。私も実際に動物で試しておきましたし」

「やっぱり、バレッタさんはすごいなぁ。もう、バレッタシオールって名乗ってもいいんじゃないですか？」

「それ、シオールっていう語句の使いかた間違ってますよ」

そんな話をしながら、2人は一良《かずら》の部屋の前にやって来た。

「さて、もういるかな？」

一良《かずら》が扉を開け、2人して部屋の中に入る。

真っ暗な部屋の中、窓の傍に黒い人影があった。

「こんばんは」

ぱたんと扉が閉まると、人影が声を発した。

一良《かずら》とバレッタが、傍に歩み寄る。

沈痛な表情の黒い女性の顔が、月明かりに照らされた。

「こんばんは。よく来てくれましたね」

一良《かずら》が声をかけると、女性は少しうつむいた。

「彼のことですが……申しわけございませんでした」

「……他に方法はなかったんですか？」

謝る女性に、一良《かずら》が言う。

「はい。彼の犠牲がなくては、この国の人々は多大な犠牲を被ることになったはずです。微かに、その未来が見えていたので」

女性が顔を上げ、一良《かずら》を見る。

「彼の魂は、私が責任をもって取り扱います。彼さえよければ、これから迎えに行って私たちの傍に置こうと思います」

「え？　これから迎えにって、コルツ君を連れて行くってことですか？」

「え？」

一良《かずら》の問いかけに、女性がきょとんとした顔になる。

「どういうことでしょうか？」

「どういうことって、そのままなんですけど……」

一良《かずら》がバレッタをちらりと見る。

バレッタも困惑した様子で、一良《かずら》と目を合わせた。

「あの、オルマシオール様」

「はい」

バレッタの呼びかけに、女性が答える。

オルマシオールと呼ばれることを受け入れている様子だ。

「コルツ君を連れて行くのは、まだ許してはいただけないでしょうか。せめて、人生を全うした後にしていただけると……」

「彼は生きているのですか？」

「「えっ」」

驚いた顔の女性に、一良《かずら》とバレッタの声が重なる。

２人の様子に、女性は一拍置いてから安堵した表情になった。

「……そうでしたか。私たちが彼について話したことは、いい未来に繋がったようですね」

「え、あの、どういうことなんですか？」

一良《かずら》が聞くと、女性は微笑んだ。

「私の見た未来では、彼は首に短剣を突き刺されて絶命していたはずでした」

一良《かずら》とバレッタが目を見開く。

まさか、本来ならばコルツは死ぬ運命にあったとは。

「しかし、先日ここで私たちが彼について話したことで、予定されていた未来が少し変わったようです。彼は、無事なのですね？」

「は、はい」

「じゃあ、腕を無くしたのって、不幸中の幸いだったのか……」

「腕？」

一良《かずら》の漏らした言葉に、女性が小首を傾げる。

「ええ。コルツ君、ウッドベルっていうバルベールの間者と戦って、左腕に大怪我をしてしまって。感染症に罹っていたので、今日の昼間に手術をして切断したんです」

「そうでしたか。腕を……」

女性が沈痛な表情で目を伏せる。

そして、再び一良《かずら》を見た。

「分かりました。腕でしたら、私のものを代わりに彼に差し上げましょう」

「「えっ⁉」」

一良《かずら》とバレッタの驚いた声が重なる。

「そ、そんな簡単に、取ったりくっつけたりできるものなんですか？」

「私のものでしたら。それだけで許される話ではありませんが、やらせていただけませんでしょうか？」

「え、ええと……」

どうしよう、といった顔になる一良《かずら》。

コルツの腕が復活するのはありがたい話だが、ここで自分が勝手に返事をしてもいいようにも思えない。

　勝手に彼女の腕をコルッに挿げ替えて、それを彼が後から知ったらどう思うだろうか。

　バレッタを見ると、彼女も同じ気持ちのようで、困惑した顔をしていた。

「……俺が勝手に決めていい話じゃないと思います。コルツ君に、ちゃんと説明してからでもいいですか？」

「分かりました。では、今から彼のところに案内していただけますでしょうか？」

　一良《かずら》が頷き、扉へと向かう。

　女性とバレッタも、その後に続いた。

「カズラ様、少々お待ちを」

「え？　あ、はい」

　扉に手をかけたところで静止され、一良《かずら》が振り返る。

　女性は少しの間目を閉じ、再び開いた。

「もう大丈夫です。行きましょう」

　一良《かずら》が扉を開け、廊下に出る。

　3人でコルツがいる客室へと向かって歩いていると、途中に立っている警備兵が槍を手にこくりこくりと船を漕いでいた。

「ね、寝てる……」

「寝てますね……」

「さ、今のうちに」

女性にうながされ、客室へと入る。

暗い部屋の中、ベッドではコルツがユマに添い寝されていた。

コーネルはベッドに寝てはおらず、コルツたちの寝るベッドの傍で椅子に座って腕組みして眠っていた。

「コルツ君、コルツ君」

一良《かずら》がコルツの肩に手をかけ、そっと揺さぶる。

「ん……」

コルツは薄っすらと目を開き、一良《かずら》を見た。

「あ、カズラさ……お姉ちゃん？」

コルツが一良《かずら》の背後にいる女性に気づき、驚いた顔になる。

ユマは熟睡している様子で、ピクリとも動かない。

「こんばんは。起きてこちらに降りてこられますか？」

「うん！」

コルツは元気に返事をすると、ベッドから降りて女性に駆け寄った。

「お姉ちゃん、俺、やったよ！　ちゃんと約束守って、役に立てたんだ！」

とびきりの明るい笑顔で言うコルツ。

ウッドベルのことは、彼なりに割り切っているようだ。

女性はコルツに、にっこりと微笑んだ。

コルツの頭を、よしよしと優しく撫でる。

「はい。よく頑張りましたね。偉かったですよ。あなたは、私の自慢の弟子です」

「うん」

照れ臭そうに、右手で鼻を掻くコルツ。

うっかり怪我をしているところを掻いてしまい、「いてっ！」と慌てて手を引っ込めた。

「左腕、本当に申し訳ないことをしてしまいました。痛かったでしょう？」

「うん。でも、大丈夫だよ。腕くらい、なんてことないよ。へっちゃらだよ」

一切の曇りのない笑顔で言うコルツ。

一良《かずら》からしてみればつらいどころの話ではないはずなのだが、そういった感じはまったく見受けられない。

それほどまでに、コルツにとっては彼女との約束と、一良《かずら》のことをバラしてしまった件が重荷になっていたのだろう。

「……あなたは、本当に強い子ですね」

女性はコルツの頭をもう一度撫でると、床に膝をついて彼と目線を合わせた。

「でも、あなたが腕を失ってしまったのは私の責任です。代わりに、私の腕をあなたに差し上げます」

「え？」

コルツがきょとんとした顔になる。

一拍して言葉の意味を理解したのか、慌てた顔になった。

「あげるって、お姉ちゃんの腕を俺にくっつけるってこと⁉」

「はい」

彼女が答えた時、彼女の姿はコルツと同年代の年恰好のそれになっていた。

いつ姿かたちが変わったのか一良《かずら》たちはまったく認識できておらず、「え」と3人の唖然とした声が重なった。

「これくらいの大きさなら、ちょうどですね。さあ、左腕を出してください」

そう言って、腰の剣をすらりと抜く彼女。

まさか文字どおり切り取ってくっつけるつもりなのかと、一良《かずら》たちの表情が引き攣った。

「いいい、いらないよっ！　お姉ちゃん、やめてよ！」

「でも、そのままでは困るでしょう？」

少女の姿の女性が、困った顔でコルツを見る。

「いらないって！　俺、片手がなくても大丈夫だよ！　食事だってできるし、服だって1人で着れるもん！」

「しかし、私のせいで腕をなくしてしまって……お詫《わ》びにどうか、受け取ってくれませんか？」

「だから、いらないって……あ、それならさ！」

コルツが思いついた様子で声を上げる。

「カズラ様と、仲直りしてよ」

「仲直り？」

何のことだ、と女性が小首を傾げる。

「うん。ずっとカズラ様と喧嘩してるんでしょ？ 村で俺が呼んでも、カズラ様に会いに行ってくれなかったじゃんか」

「ああ、あのことですか」

女性がグリセア村での一件を思い出して苦笑する。

あの時彼女が一良《かずら》の呼び出しに応じなかったのは、一良《かずら》と喧嘩したからだろうとコルツに疑われたのだ。

それは違うと彼女は話したのだが、信じていなかったらしい。

一良《かずら》とバレッタは、何が何やら分からないといった顔になっていた。

「うん。だから、カズラ様との仲直りがお詫びでいいよ。腕なんていらないから」

「……分かりました。仲直り、ですね」

女性が立ち上がる。

再びその姿が大人のそれに瞬時に戻り、一良《かずら》たちは「うわっ」と驚いた。

女性が一良《かずら》に、右手を差し出す。

「カズラ様。仲直りの握手です」

「は、はあ」

一良《かずら》が彼女の手を握り、しっかりと握手した。

それを見て、コルツがほっとした顔になる。

「よかった。もう喧嘩しちゃダメだからね？」

「はい。分かりました」

女性が手を離し、コルツに向き直った。

「それと、これからは私があなたの腕の代わりになりましょう。いつでも、あなたの傍にいますから」

「え？　一緒にいてくれるの？」

「はい。迷惑でなければ、ですが」

「……うん！　迷惑なんかじゃないよ！」

コルツが笑顔で頷く。

女性は一良《かずら》に顔を向けた。

「そういうことですので、私たちもここでお世話になってもよろしいでしょうか?」

「え。あ、はい」

思いもよらぬ展開に、一良《かずら》とバレッタはぽかんとした顔になっている。

「ありがとうございます。明日の朝、皆で西門に行きますね。ですが、私以外は人の姿になることはできません。他の者たちが来ても人々が驚かないよう、手配していただけると」

「分かりま……他の者たち⁉」

ぎょっとした顔になる一良《かずら》に女性は微笑む。

「はい。どうやら、私たちが関わっても必ずしも悪い方向に未来が変わるといったことはないようですから」

そう言う女性は、心なしか嬉しそうに一良《かずら》には見えた。

「今一度、昔のような関係に戻れるかもしれませんね……それと、私も大勢の人がいるところでは人の姿を維持できないので、普段は獣の姿でいることをお許しください。これから、よろしくお願いいたします」

女性はそう言うと、窓へと歩み寄った。

窓を開き、少し振り返って一良《かずら》に会釈をし、ぴょんと飛び降りる。

しんとした静寂が、部屋に戻った。

「ああ、びっくりした……カズラ様、お姉ちゃんと仲直りできてよかったね!」

女性が消えた窓から一良《かずら》に目を戻し、コルツがにっこりとした笑顔で言う。

「お、おお……？　何だこの展開は……」

「な、何か、すごい話になっちゃったような……」

一良《かずら》とバレッタが言った時、ユマが目を開いた。

コーネルも目覚を覚まし、部屋にいる一良《かずら》とバレッタを見て驚いた顔になる。

「ん……コルツ、どうし……あ、カズラ様！」

「む。バレッタさんも。どうかしましたか？」

「母ちゃん、父ちゃん。今ね、オルマシオール様が――」

困惑している両親に、コルツは今しがたの出来事を話して聞かせるのだった。


次の日の早朝。

一良《かずら》たちは、開け放たれた西門の外に出ていた。

いつものメンバーの他に、ルグロ一家と軍団長たち、コルツとその両親、それにクレイラッツ軍司令官のカーネリアンと側近たちもいる。

防壁の上では、見張りの兵士たちの他に、使用人や手の空いている兵士たちが見物している。

オルマシオールが砦に来る、という話をナルソンが士気高揚のために振れ回ったためだ。

朝食の席で昨夜の出来事を話したところ、ナルソンはかなり喜んでいた。

「うう、どきどきする。私、オルマシオール様とちゃんとお会いするの初めてなんだよね」

リーゼがわくわくと緊張が混じった表情で一良《かずら》に言う。

「この間の夜に森に行った時はご挨拶《あいさつ》できなかったから、ちゃんとお礼言わないと」

「ああ、リーゼは眠っちゃってたんだもんな」

「うん。何か私だけ仲間外れみたいで、すごく悔しかった」

その時のことを思い出し、リーゼが暗い顔になる。

「まあ、彼らにも事情があったからさ。悪く思わないでくれよ」

「そんな畏れ多いこと、思ってないって」

「あの……そのオルマシオールというのは、昨日北の丘の下にやって来ていたウリボウなのですよね？」

一良《かずら》とリーゼに、カーネリアンが半信半疑といった表情を向ける。

彼の側近たちも、困惑した表情をしていた。

「本当に、あの巨大なウリボウたちが神なのですか？」

「はい。そうですよ」

即答する一良《かずら》に、カーネリアンが「むう」と唸る。

ウリボウたちは自分たちのことを「精霊のようなもの」と言ってはいたが、カーネリアンたちにはこの説明でいいだろう。

兵士たちにもそう伝えることになっているので、余計な情報まで話す必要はない。

「しかし、現世に神が降臨したなど……それどころか戦に加勢するなんて話は、おとぎ話でしか聞いたことがないのですが」

「カーネリアン様。オルマシオール様は私たちを何度も助けてくださっています。疑うべくもなく、本物です」

リーゼがカーネリアンに、にこりと微笑む。

「クレイラッツの民が崇める神とは違いますが、どうか信じてください」

「ふうむ……カズラ殿は、お会いしたことがあるのですね？」

カーネリアンが一良《かずら》に話を振る。

「ええ、何度か。彼らは本物ですよ。安心してください」

「ううむ。にわかには信じられない話ですな……」

「サッコルト、お前、その袋は何だ？」

王都軍第1軍団長のミクレムが、第2軍団長のサッコルトが手にしている2つの小洒落《こじゃれ》た布袋を見て言う。

「これか。オルマシオール様は菓子が好きだとカズラ様に聞いてな。連れてきた料理人に、急いで作らせたものを持ってきたのだ」

「な、何だと!? なぜ私にも教えてくれなかったのだ！ 手ぶらで来てしまったではないか！」

焦り顔になるミクレムに、サッコルトが笑う。

「安心しろ。ちゃんと2つ用意してある。我ら2人からの贈り物ということにしようと思ってな。1つ貸しだぞ。菓子だけに」

「そ、そうか。すまんな。恩に着る」

「へえ、ミッチーもサッチーも仲いいじゃねえか」

2人のやり取りに、ルグロが笑いながら言う。

「そりゃまあ、従兄弟ですので……それよりも、殿下」

「何度も言いましたが、その愛称で呼ぶのは止めていただけませんか……」

困り顔で言うミクレムとサッコルトに、ルグロが笑う。

「親しみやすくていいじゃねえか。それに、ミッチー、サッチーって、呼びやすいんだよ」

「いや、呼びやすいとかそういうことではなくてですね」

「いくらなんでも、王族として皆に示しがつきませんよ」

「俺らダチだろ？　気にすんなって」

「だ、ダチ？」

「あのですね、そのお気持ちは光栄なのですが、呼びかただけは直してください。後生ですから」

諌めるミクレムとサッコルトに、ルグロが「面倒くさいこと言ってんなよ」と渋い顔になる。

すると、彼の背後にいたルティーナが、ちょいちょいとルグロの服の裾《すそ》を引っ張った。

「ん？　ルティ、どうした？」

「ルグロからのオルマシオール様への手土産《てみやげ》、ちゃんと持ってきてあるよ」

ルティーナが大きな木のカゴをルグロに差し出す。

ルグロがそれを受け取って上にかかっている真っ白な布を捲ると、美味《おい》しそうな丸パンがいくつも入っていた。

「ドライフルーツをたくさん入れた甘いパンだから、気に入ってもらえるんじゃないかな？　お砂糖もたっぷり入ってるし」

「おっ！　ルティ、用意がいいな！　さすが俺の見込んだ女だ！」

ルティーナがルグロに、にっこりと微笑む。

「今朝、バレッタさんから教えてもらってね。急いで焼いたのよ」

「お父様、私、オルマシオール様とお茶会がしたいです」

「オルマシオール様に、パンをあーんってしてあげたいです」

見上げてくるルルーナとロローナの頭を、ルグロがよしよしと撫でる。

「んじゃ、後で神様たちとお茶会だな！　楽しみだ！」

わいわいと話しているルグロ一家。

カーネリアンとその側近たちは、何とも困惑した表情だ。

「む、むう。神とそんな気軽に接することができるものなのか……」

カーネリアンがそう言った時、皆で眺めている森の中から、複数のウリボウがトコトコと走り出てきた。

巨躯の白いウリボウと、それより一回り小さな黒いウリボウ、さらには数十頭の普通サイズのウリボウもいる。

見物していた兵士や使用人たちから、「おおっ」と声が上がった。

「わああ、あれがウリボウなのですね！」

「私、初めて見ました！　どのかたがオルマシオール様なのでしょうか？」

喜ぶルルーナとロローナに、一良《かずら》が微笑む。

「あの大きな白いウリボウです。黒いウリボウもそう呼んで大丈夫みたいですけどね」

「そうなのですね」

「オルマシオール様は2人いたのですね」

すると、ウリボウたちはかなりの速さで走り出し、あっという間に一良《かずら》たちの前へとやって来た。

「あっ、コルツ！」

両親といたコルツが、ウリボウたちに駆け寄る。

「本当に来てくれたんだね！　あっ、黒いのがお姉ちゃんなんだ……うん、腕は大丈夫だよ。お薬もらってるから、痛くないよ」

黒いウリボウの傍に寄り、あれこれ話すコルツ。

他の者たちには何も聞こえていないので、皆、困惑顔だ。

「オルマシオール様、すごくかっこいいですね！」

「口が動いてないのに、しゃべることができるんですね」

コルツたちを見ながら言うルルーナとロローナに、皆が驚いた顔を向ける。

「えっ。ルルーナ、ロローナ、オルマシオール様の声が聞こえるの？」

ルティーナが聞くと、２人はすぐに頷いた。

「聞こえますよ？」

「お母様は聞こえないのですか？」

「全然聞こえないけど……ロン、リーネ、あなたたちは？」

ルティーナが末っ子の息子のロンと、その１つ年上のリーネに目を向ける。

「はい、聞こえます」

「『出迎えありがとう』って、言ってますよ？」

「……バレッタさん、聞こえます？」

一良《かずら》が隣に立つバレッタに聞く。

「いえ、私は全然聞こえないです」

「リーゼは？」

「私も何も聞こえないけど……」

どうやら、ウリボウたちの言葉を聞けるのは子供だけのようだ。

子供のほうが心が純粋だからかな、と一良《かずら》は内心頷き、コルツに目を向けた。

「コルツ君。オルマシオールさんたちと俺たち、今は話せないみたいなんだ。会話の橋渡しをしてもらえるかい？」

コルツが黒いウリボウの首に抱き着きながら、一良《かずら》に目を向ける。

「そうなの？　うん、いいよ」

「ありがとう。それじゃ、とりあえず砦に入るから、付いてくるように言ってもらえる？」

「うん。お姉ちゃ……え、そうなの？　うん、分かった」

コルツが再び一良《かずら》を見る。

「カズラ様たちの話してることは分かるって。自分たちの声は、今は伝えられないんだってさ」

「そうなんだ。じゃあ、皆さん、砦の中に入りましょう。付いてきてください」

そう言って一良《かずら》が砦に入っていくと、ウリボウたちもぞろぞろとその後に続いた。

恐る恐るといった様子で、サッコルトとミクレムが巨躯のウリボウに近づく。

「オルマシオール様。このたびはご足労いただき、ありがとうございます」

サッコルトが話しかけると、巨躯のウリボウがちらりと目だけを動かして彼を見た。

びくっ、と肩を跳ねさせるサッコルトに、巨躯のウリボウが、ふん、と鼻を鳴らす。

「あ、あの、オルマシオール様は菓子が好きだと聞きまして」

「我らで用意したものですが、お口に合えばと……」

サッコルトとミクレムが緊張しきった声で言い、それぞれ布袋を差し出す。

巨躯のウリボウは歩きながら顔を動かし、くんくんと布袋の匂いを嗅いだ。

「おっちゃんたち。オルマシオール様、『いただこう』って言ってるよ」

巨躯のウリボウの後ろで黒いウリボウの背に跨っているコルツが、２人に言う。

「おお、そうか！」

「後ほど、もっとたくさんご用意させていただきますので！」

ほっとした様子のサッコルトとミクレム。

少し離れて歩きながら、カーネリアンはその様子に「ううむ」と唸っている。

巨躯のウリボウがあまりにも大きいということもあり、近づくことに抵抗があるようだ。

「ルグロ、あなたも渡さないと」

「お、おう。しかし、すんげえ迫力だな……」

ルグログがルティーナからカゴを受け取る。

「お父様、私、オルマシオール様に『あーん』ってしてあげたいです！」

「私もしてあげたいです！」

「僕は、コルツさんみたいに背中に乗ってみたいです！」

「私も乗ってみたいです！」

キラキラした目で言うルルーナ、ロローナ、ロン、リーネ。

「う、うーん。それは後にしたほうがいいんじゃねえかな？」

「でも、そちらの黒いオルマシオール様は、笑いながら『どうぞ』って言ってますよ？」

「他のウリボウさんたちにも食べさせてあげてくださいって言ってます」

ルルーナとロローナの言葉に、ルグロが「マジか」と少し引き攣った表情で言う。

どうやら、ルグロは少し怖いらしい。

「じゃあ……失礼のないようにな？」

「「「「はい！」」」」

子供たちはカゴからパンを取り出すと、ウリボウたちに駆け寄って1頭に1つずつ与え始めた。

まったく怖がっていない様子で、パンを頬張《ほおば》るウリボウたちの頭を撫でまわしている。

ロンとリーネがそのなかの1頭の背によじ登ろうとしていると、そのウリボウは伏せの体勢になってくれた。

2人が「ありがとうございます！」と礼儀正しくお礼を言い、一緒にその背に跨る。

そうして砦へと入っていく一行を、防壁の上から見物していた者たちは歓声を上げて迎えるのだった。


砦に入った一行は、ひとまず中央にある広場へとやって来た。

使用人たちが大量の料理を運んで来て、地面に敷いたふかふかの藁の上に並べていく。

ウリボウたちは鼻をひくつかせながら、一列に並んでちょこんと座っていた。

そのすぐ傍にはテーブルも用意されていて、ナルソンたちの料理も次々に運ばれてきている。

「急ごしらえではありますが、歓迎の宴の用意をさせていただきました。どうぞ、召し上がってください」

皆を代表して、ナルソンが巨躯のウリボウに言う。

巨躯のウリボウはナルソンに頷くような仕草をすると、おん、と小さく鳴いた。

他のウリボウたちがのそのそと料理へと歩み寄り、料理を食べ始める。

料理を口にしたウリボウたちは一瞬固まると、まるで「美味《うま》い」とでも言っているかのようにわふわふと声を漏らしながら、猛烈な勢いで貪り食い始めた。

ナルソンたちも、それを見てほっとした様子で席に着き始める。

「あの、お姉さん？」

コルツにじゃれつかれながら彼の頬をペロペロと舐めている黒いウリボウに、一良《かずら》が歩み寄る。

彼女は顔を動かし、一良《かずら》に目を向けた。

他のウリボウたちとは違い、その目はとても柔らかく優しげなのが印象的だ。

「俺、これからグリセア村に戻らないといけなくて。その間に、この前みたいに戦死者たちの魂をあの世に送ってあげてほしいんですが」

黒いウリボウが、まとわりついているコルツに目を向ける。

口は動かしていないのだが、何か話しているようだ。

「カズラ様。お姉ちゃんが、『それなら今やってしまいましょうか』って言ってるよ」

コルツが彼女の言葉を一良《かずら》に伝える。

「えっ。今ここで、ですか？」

驚く一良《かずら》に、彼女が頷く。

そして彼女が目を閉じると、砦の死体置き場や北の方角から、大きなどよめきが起こった。

どうやら、やってくれた様子だ。

「えっとね、お姉ちゃんが、『道中心配ですから、村までご一緒します』って言ってる」

コルツが黒いウリボウの言葉を一良《かずら》に伝える。

すると、少し離れたところで料理を食べていた巨躯のウリボウが黒いウリボウに顔を向けた。

黒いウリボウが口角を上げ、くすっと笑う。

何を話しているのかと小首を傾げる一良《かずら》。

コルツもいぶかしげな顔をしている。

「お姉ちゃん、抜け駆けするなって言われてるけど……あ、カズラ様に食べ物貰うの？　へえ、そんなに美味しかったんだ」

何やらあれこれと話すコルツと2頭のウリボウ。

しばらくそうした後、コルツが一良《かずら》に目を向けた。

「カズラ様。俺も付いて行っていい？　オルマシオール様、2人とも村に行くって言ってるし」

「コルツ君」

すると、一良《かずら》の隣にいたバレッタがコルツに声をかけた。

「腕の傷、まだ治ってないんだし、砦で待ってたほうがいいよ。あんまり動くと、傷口が開いちゃうかもしれないから」

「そうよ、コルツ。今は傷を治すことに専念なさい」

「何かあって、傷口が開いたらまたカズラ様にご心配をおかけしてしまうぞ」

バレッタに続き、両親のユマとコーネルもコルツに言う。

黒いウリボウも同意見なのか、コルツに目を向けて何やら言っている様子だ。

コルツは「でも……」と不満そうだったが、彼女に説得されたのか頷いて一良《かずら》を見た。

「……うん。分かった。俺、留守番してる」

「ごめんね。その間、他のウリボウさんたちと皆が仲良くできるように、お願いしてもいいかな？」

「うん！　……って、他のウリボウたち、まだ一言もしゃべってないみたいなんだけど……」

コルツが言うと、黒いウリボウがコルツを見た。

「あ、そうなんだ。お姉ちゃんたちが特別なんだね」

「コルツ君、ウリボウさんは何て言ってるのかな？」

リーゼがコルツに聞く。

「俺たちとしゃべれるのは、オルマシオール様たちだけなんだって言ってるよ」

「そうなんだ。他のウリボウさんとも話せればよかったのにね」

「うん。俺たちの言葉も分からないんだってさ。でも、身振り手振りで伝わるから、俺の傍でいろいろお手伝いしてくれるように言っておくって、お姉ちゃんが言ってる」

「そっか。なら、安心だね」

そうして多くの人々が見守る中、ウリボウたちの歓迎会はまったりとした雰囲気で進んでいくのだった。

数時間後。

一良《かずら》たちは巨躯のウリボウと黒いウリボウとともに、バイクでイステリアへと続く道をひた走っていた。

バイクは砦にあった20台すべてを出しており、サイドカーは荷物を載せて戻る都合上、空っぽだ。

同行しているのは、バレッタ、リーゼ、ジルコニア、アイザック、ハベル、エイラ、それに加えてグリセア村の村人が十数人だ。

マリーは身長が足りなくバイクの運転はできないので、砦でお留守番である。

ニィナたちは砦でウリボウたちの世話を任されており、今回は同行していない。

ニィナはメルフィに無線機を盗まれた件でかなり憔悴していたのだが、昨夜ナルソンと話した内容を伝えてある。

ニィナたちにメルフィの監視を指示し、普段どおり接するように、と一良《かずら》から伝えた。

メルフィはウッドベルが死んだことで呆然自失になっているため、少し時間を置いてから動画を見せる手はずになっている。

彼女の父親には、ナルソンから直接話をするということだ。

ちなみに、砦に向かっている反乱首謀者のニーベルを連れた一行はグリセア村から直接砦に向かっているとのことで、道中すれ違わなかった。

一良《かずら》たちは万が一バイクが故障したら大変なので、きちんと整備された街道を通り、イステリア経由で村へと向かう予定だ。

シルベストリアは砦で留守番で、コルツの相手を任せてある。

『前を向いたままで聞いてくれ。話しておきたいことがある』

先頭を走る一良《かずら》の頭に、突然声が響いた。

「うわ⁉」

突如響いた野太い声に、一良《かずら》が驚いて隣を見る。

巨躯のウリボウが、一良《かずら》に話しかけてきたようだ。

「カズラさん、どうかしましたか？」

数台後ろにいたジルコニアが、一良《かずら》に声をかける。

「あ、いえ、何でもないです。顔に虫が当たっちゃって」

「あらあら。この速さじゃ、痛かったんじゃないですか？」

「はは、そうですね」

一良《かずら》が少し後ろを振り返って笑い、前に向き直る。

目だけを動かし、隣を走る巨躯のウリボウを見た。

「周りに人がいますけど、話せるんですか？」

一良《かずら》が小声で話しかける。

『うむ。皆……バレッタといったか。彼女以外は乗り物の運転に集中してこちらに意識が向いていないからな。少ない人数に向けてなら、術が効きやすいのだ』

巨躯のウリボウも目だけを動かして一良《かずら》を見る。

バイクの騒音で聞こえないかもと一良《かずら》は思ったが、問題なく彼には聞こえるようだ。

一良《かずら》が少し振り返ると、バレッタと目が合った。

彼女がにこりと一良《かずら》に微笑む。

一良《かずら》は再び、視線を前に戻した。

『貴君の魂はほぼ慣れているようだが、それでも少し目眩《めまい》がするかもしれん。その乗り物の操作を誤らぬよう、注意してくれ』

「分かりました。それで、話って？」

一良《かずら》がハンドルをしっかりと握り、運転に集中しながら答える。

『現在、我らはバルベール全域に散って奴らの動向を注視しているのだが、北の国境付近に点在している部隊のいくつかが砦に向かって来ていると報告があった』

「えっ、まだ増えるんですか？」

『うむ。貴君らが戦っている軍勢よりも、今後はさらに多くの者たちと戦うことになる』

「どれくらいの数か分かります？」

『すべての部隊が到着すると、今の１・２倍といったところだな。正確な数は分からん」

「うげ……連中、よくそんなに兵力を動員できますね。兵站とかどうなってるんだろ」

一良《かずら》が顔をしかめる。

『今は貴君ら以外とは戦を起こしていないようだからな。全力を傾けているのだろう。荷物の運搬も、ひっきりなしに行っているぞ』

彼の話に、一良《かずら》は数日前にフィレクシアが言っていた「国力が違う」という話を思い出した。

兵力は彼らが圧倒しているうえに、補給に関しても問題なく行われているようだ。

こちらが無線機やら火薬やらを持ち出していなければ、たとえ緒戦を凌げても彼女の言うとおりいずれ磨り潰されていただろう。

彼女の言葉は脅しではない、ということだ。

『できる限り足止めを試みてはいるが、我らは数が少なくてな。あまり期待はしないでくれ。とはいえ、かなり距離があるから日数は相当かかるだろうがな』

「そうですか……でも、いつも手伝ってもらって、本当にありがたいです。そちらの被害は大丈夫ですか？」

『いくらか出てはいるが、仕方のないことだ。貴君らが負けてしまえば、我らの住処はほぼなくなってしまう。遠からず、種を絶やすことになるだろうからな』

「それって、森が焼かれてしまうってことですよね？　燃料として、木々が伐採《ばっさい》されるってことですか？」

　以前、黒い女性が言っていた「追い立てられて、すべて焼かれる」と言っていた話を思い出す。

　あの時は何のことやら分からなかったが、今なら分かる。

『そうだ。武具や道具を作るために、奴らは手当たり次第木々を切り倒して燃料にしているからな』

　巨躯のウリボウの声に、憎しみの色が混ざる。

『貴君らと違って、連中は後先を考えておらん。近場の森の木々をすべて切り倒し、残るのは荒廃した土地だけだ。苗木を植えて自然を守ろうという頭が、まったくないようでな』

「それは酷いですね……木がなくなったら洪水と地滑りが頻発しますし、森が復活するにはそれこそ何十年何百年とかかるのに」

『うむ。たとえ新しく森ができたとしても、そこに生きる者たちが再び住み着くとは限らん。取り返しがつかないということを、連中は分かっておらんのだ』

　巨躯のウリボウはそう言うと、優し気な目を一良《かずら》に向けた。

『その点、貴君らはよく分かっていてくれているようで安心したぞ。切った跡地には苗木を植えているようだし、強く硬い木は切らずにおいてくれているしな』

「はい。あなたがバレッタさんに忠告してくれたと聞いて、国中でそうするように連絡してきましたので」

「ねえ、バレッタ」

一良《かずら》と巨躯のウリボウが話していると、後ろを走っていたリーゼが隣を走るバレッタに声をかけた。

「はい、何ですか？」

「村で生活してた時ってさ、どんな感じだった？」

「どんな感じ？　生活が、ですか？」

「うん。ちゃんと治政が行き届いてたのかなって。飢饉《ききん》の時、酷い状態だったんでしょ？」

「はい。カズラさんが来てくれなかったら、今頃……でも、ナルソン様は税についても気にかけてくださってました。あの時はどこも酷い状況でしたし、仕方がなかったですよ」

リーゼが言わんとしていることを察し、バレッタが微笑む。

「そっか……でも、食料を援助してくれって村長さんはアイザックに言わなかったんだよね？　どうして？」

「ナルソン様なら、それができるならすでにやっているはずですから。しないということは、どうしてもできないということです」

バレッタが一良《かずら》の背を見つめながら言う。

「領地中が大変な状況なのに、日頃から気にかけてくださっている領主様の足を引っ張る真似なんて、できませんよ。それくらい、皆がナルソン様を慕っているんです」

「……そっか。私も、そう思ってもらえるようにならないと」

リーゼが真剣な顔で言う。

バレッタはそんな彼女に微笑んだ。

「リーゼ様なら、きっとなれます。ナルソン様よりも立派な領主様になれますよ」

「あはは。ありがと。頑張るから、バレッタも手伝ってね？」

「……はい。私にできる範囲で、必ず力になりますから」

そう答えるバレッタに、リーゼがもう一度「ありがと」と微笑む。

そうして一行はしばらく走り、昼過ぎにイステリア付近へとやって来た。

穀倉《こくそう》地帯の外周を走っているのだが、作物の世話をしている人々がバイクで走る一良《かずら》たちを見て目を丸くしているのが見て取れる。

巨大なウリボウを見て慌てふためく人もいることから、イステリアの警備部隊に通報されてしまうかもしれない。

一応、バイクには王家の旗を掲げており、イステリアにも連絡済みなので騒ぎにはならないはずだ。

『カズラ様、ロズルーです。どうぞ』

穀倉地帯の脇を走っていると、一良《かずら》とバレッタの無線機から声が響いた。

いくつも持って行っても無駄だということで、今回持参している無線機は2台だけだ。

「ん？　ロズルーさん？」

一良《かずら》が後ろを振り返り、皆に手を振って停車の合図を出す。

「カズラさん、どうかしましたか？」

ジルコニアが一良《かずら》の隣までバイクを進め、停車した。

相変わらず、バイクに跨る姿が様になっている。

運転にもすっかり慣れた様子だ。

「今、ロズルーさんから無線連絡が入って。ちょっと待っててください」

一良《かずら》が腰の無線機を外し、口元に持って来る。

「カズラです。ロズルーさん、どうしました？　どうぞ」

『すみません。ミュラがどうしてもカズラ様にお会いしたいと言っていて。防壁の上にいるのですが、見えますでしょうか？　どうぞ』

そう言われ、一良《かずら》がイステリアの街へと目を向ける。

穀倉地帯の先にあるイステリアの防壁はかなり遠く、一良《かずら》には人がいるかはとても分からない。

するど、バレッタが自分のズダ袋から双眼鏡を取り出して一良《かずら》に差し出した。

「カズラさん、どうぞ」

「あ、バレッタさん、すみません。用意がいいですね」

「えへへ。使うことがあるかなって思って」

一良《かずら》は双眼鏡を受け取り、目に当てた。

防壁の上でこちらに向かって手を振っている人影が見える。

メモリを調整してズームすると、大人が2人と子供が1人いるのが見えた。

「見つけました。今、手を振ってますよね？　どうぞ」

『はい。今からそちらに行きますので、待っていてもらってもいいでしょうか？　どうぞ』

「分かりました。ちょうど昼食時ですし、休憩しがてら待ってますからのんびり来てください。どうぞ」

『ありがとうございます。すぐに向かいますので。通信終わり』

一良《かずら》が無線機を腰に戻し、皆に目を向ける。

「そういうわけなんで、ここらでお昼休憩ってことで」

一良《かずら》が言うと、リーゼがほっとした顔になった。

「ああ、よかった。ずっと乗ってて、お尻が痛くなっちゃった。エイラ、お弁当出して！」

「はい。すぐに準備しますね」

そうして、皆はバイクから降りて昼食の支度に取り掛かるのだった。

「やっぱお弁当って言ったら、おにぎりとソーセージと玉子焼きだよなぁ」

畑の脇で草地に座り込み、海苔に巻かれたおにぎりを頬張りながら一良《かずら》が頬を緩める。

皆が食べているお弁当はおにぎり弁当だ。

具はツナマヨ、鮭、梅干しの3種類である。

2頭のウリボウには、1頭あたり20個ものおにぎりが用意されていた。

バレッタが黒いウリボウに、リーゼが巨躯のウリボウに、おにぎりを1つずつ口元に運んで食べさせてやっている。

「おにぎり、便利な携行食ですよね。味もいろいろあって楽しいですし」

一良《かずら》の隣でおにぎりを頬張りながら、ジルコニアが言う。

もぐもぐと咀嚼し、う、と顔をしかめた。

慌てて水筒を手にし、ごくごくと喉を鳴らして水を飲んでいる。

どうしたんだろう、と一良《かずら》がおにぎりを見てみると、大きな梅干しが半分ほどかじられてあった。

「ジルコニアさん、梅干しは苦手ですか？」

「はい……ちょっとすっぱすぎですよ、これ」

「そのすっぱさが美味しいんですよ。グリセア村の人たちは、皆美味しいって言ってくれましたよ？」

「そりゃあ、カズラさんが持ってきてくれた食べ物なんですから、苦手でも言えないですよ。

こんなにすっぱかったら、苦手な人もいると思います」

「う……確かに。リーゼはどうだ？」

巨躯のウリボウにおにぎりを食べさせているリーゼに、一良《かずら》が話を振る。

「私は平気。お米にも合うし、美味しいと思うよ？」

「バレッタさんとエイラさんは？」

「美味しいと思いますよ。塩気も効いてますし、カズラさんが村で炊き出しをしてくれた時に食べた時は、何て美味しいんだろうって感激しました」

「私もお米によく合って美味しいと思います」

2人が答えると、リーゼが「だよね」と頷いた。

「エイラ、酸味が効いてるもの好きだもんね。お店に食べに行くと、果物の酢漬けをよく頼んでたし」

「はい。酸っぱいものを食べると元気が出るんです」

バレッタの言葉に、他の村人たちもおにぎりを食べながら頷いている。

村では料理はどれもかなり薄味だったので、一良《かずら》が持って来た食べ物はどれもしっかり味付けがなされていてとても美味しく感じたのだ。

秋刀魚の蒲焼の缶詰を食べた時などは、あまりの美味しさに皆が驚愕していた。

「ふむ。アイザックさんとハベルさんは？」

「お、美味しいです！」

「私は梅干し単品だと食べにくいとは思いますが、おにぎりの状態でしたら美味しいかと。粥にも合いそうですね」

即座に答えるアイザックと、しっかりとした感想を述べるハベル。

ジルコニアは少し不満げだ。

アイザックは何を与えても「美味しい！」と答えそうで、本当にそう思っているのか分からないが。

「皆いいなぁ……何だか損した気分」

「お母様、苦手な食べ物が多いですよね。豆系の料理も嫌いって言っていましたし、お寿司もダメでしたし」

「お寿司がダメなのはあなたも同じじゃない」

むう、と頬を膨らますジルコニア。

そうしてのんびりと食事をしていると、ロズルー一家が走ってやって来た。

「カズラ様、おひさしぶりです。オルマシオール様も一緒だったのですね」

砂埃を立てないようにと、ロズルーたちが歩いて一良《かずら》の下に歩み寄る。

「ええ。護衛として付いてきてくれて。ロズルーさんたちも、おにぎりどうです？」

一良《かずら》が自分のおにぎりを1つ、ロズルーに差し出す。

「おお、ありがとうございます。ほら、ミュラ。いただきなさい」

「う、うん」

ミュラがウリボウたちをちらちらと見ながら一良《かずら》に近寄り、おにぎりを受け取る。

バレッタとリーゼも自分のおにぎりから1つ、ロズルーとターナに渡していた。

「ミュラちゃん、まあ、座りなよ」

「はい……」

ミュラが一良《かずら》の前に座る。

手にしたおにぎりを食べるでもなく、一良《かずら》を見上げた。

目の下には薄くクマが浮いていた。

「カズラ様、コルツは大丈夫なんですか？」

「うん。元気にしてる。ミュラちゃんは元気にしてた？」

「はい……」

ミュラが暗い顔でうつむく。

どうしたのかと一良《かずら》が小首を傾げていると、ミュラが口を開いた。

「あ、あのっ、私、コルツが砦に行くのに、ウッドベルさんを騙しちゃったんです。ごめんなさい……」

「えっ？」

ミュラがその時のことを一良《かずら》に話して聞かせる。

コルツに頼み込まれて彼のベッドに潜り込み、あたかもふて寝しているように騙してしまったことを彼女が話す。

「そうだったのか……ミュラ、よく正直に話したな」

「どうして今まで黙っていたのか、教えてくれる？」

ロズルーとターナが驚きつつも、努めて優しい口調でミュラに言う。

ミュラは涙目になりながらも、頷いた。

「コルツが、オルマシオール様との約束を守らなきゃいけないって言ってて……どうしても言えなかったの」

「それで、森に探しに行った時にも、１人で奥に行こうとしてたのね？　オルマシオール様を探そうとしてたの？」

ターナの問いかけに、ミュラが頷く。

ミュラはぼろぼろと涙を零していた。

「ミュラちゃん、大丈夫だよ」

一良《かずら》がミュラの頭を撫でる。

「コルツ君は無事だし、彼のおかげで皆助かった。コルツ君とミュラちゃんのおかげで、国が救われたんだ」

「でも、私、ユマさんたちに何度も聞かれたのに、ずっと『知らない』って嘘ついてたの……ごめんなさい」

ミュラはなおも暗い表情のままだ。

コルッとの約束と必死に彼を探すユマたちに板挟みにされて、苦しい思いをしていたのだろう。

ミュラは、コルッが左腕を失ったことは知らない。

彼と再会した時、ショックを受けてしまうのではと一良《かずら》は心配だった。

「この子、コルッ君がいなくなってからほとんど眠れてなかったみたいで……そういうことだったんですね」

ターナがミュラの背を撫でる。

すると、黒いウリボウが立ち上がってミュラに歩み寄った。

『よく頑張りましたね。彼のおかげで、この国の大勢の人々が救われました。お礼を言わせてください』

黒いウリボウがにこりと微笑み、ミュラに言う。

ミュラは驚いた顔で、彼女を見た。

「しゃ、しゃべった⁉」

『あなたのような子供とでしたら、いつでも話すことができるようでして』

黒いウリボウがミュラの頬を舐める。

ミュラは「うひゃあ！」と驚きながらも、されるがままだ。

『私たちのせいで、あなたにはつらい想いをさせてしまいましたね。本当にごめんなさい』

「い、いいえ、大丈夫です……うひっ！　く、くすぐったいですっ」

ペロペロと舐め続けられ、ミュラは身悶えする。

ロズルーとターナはそんなミュラの様子に、ほっとした顔になっていた。

黒いウリボウも『うふふ』と笑っている。

どうやら、場を和ませようとしてくれているようだ。

「カズラ様、私も砦に行っても大丈夫でしょうか？　何かお手伝いができればと思うのですが」

ロズルーが一良《かずら》に申し出る。

「んー。来てくれるのはありがたいんですけど、あっちは戦場なんで……砦内も負傷者が大勢運ばれてけっこう凄惨なことになってますし、ターナさんとミュラちゃんはイステリアにいたほうがいいんじゃないかなと」

「ふむ。砦は危険な状況なのですか？」

「いえ、今のところは安全ですよ。こっちの防備に敵は歯が立たないみたいなんで、まず負けることはなさそうです」

「なら、やはり妻と娘も連れて行きたいです。今この国で何が起こっているのか、知っていたほうが今後の見識が広がると思いますので」

「う、うーん……バレッタさん、どう思います？」

一良《かずら》がバレッタに話を振る。

毎度のことながら、一良《かずら》は判断に困るとバレッタに相談するのが常となっていた。

「んー……」

バレッタがもぐもぐとおにぎりを食べながら考える。

ロズルーは村人の中では一番腕が立つので、一良《かずら》の傍にいてくれれば心強い。

コルツも仲のいいミュラがいてくれたほうが、きっと心が安らぐだろう。

コルツの母親にとっても、同い年の子供がいる母親のターナだったらあれこれ相談できるはずだ。

「いいと思いますよ。皆、ロズルーさんたちが来てくれれば心強いと思いますから」

「そっか。なら、そうしましょうかね」

一良《かずら》が言うと、ロズルーはにこりと微笑んだ。

「ありがとうございます。では、荷物を整えた後で向かわせていただきますね」

「あ、それなら俺たちと一緒に行きましょうよ」

「ですね、それがいいと思います。村の人たちも、ロズルーさんたちに会えればきっと喜びますよ」

一良《かずら》に続き、バレッタもそう提案する。

2人とも、コルツとミュラが再会した際のことを考えてのことだ。

イステリアに避難した村人たちは、反乱軍の脅威が去ったのちに再び村へと戻されている。

村を空けたのは数日だけなので、畑仕事や山から筏《いかだ》で送り届けられる硝石などの物資の受け取りもほとんど支障は出ていない。

「む、そうですか。なら、すぐに準備をしなくては。2人とも、行くぞ」

そうしてイステリアへと走って戻っていくロズルーたちを見送り、一良《かずら》たちは食事休憩を続けたのだった。

第４章　望む未来

太陽が少し傾き始めた頃、一良《かずら》たちはグリセア村の守備隊野営地に到着した。

一良《かずら》のサイドカーにはミュラが乗り、バレッタのものにはロズルー、リーゼのものにはターナが乗っていた。

村の前にはたくさんの荷馬車が並んでおり、ラタを世話している使用人たちの姿が見える。

昨夜のうちに、砦への物資輸送用としてナルソンの指示で急遽送り届けられたものだ。

輸送隊の護衛の重装歩兵たちも数百人いるようで、かなりの数の天幕が張られていた。

もしゃもしゃと飼い葉を食べていたラタたちが、２頭のウリボウの姿に気づいてビクッと身を硬直させている。

ウリボウたちは少し離れた場所で止まり、その場に2頭並んでちょこんと腰を下ろした。

「皆様、ようこそおいでくださいました」

村の守備隊の兵士たちが一良《かずら》たちを出迎える。

イステリアから来てそのまま守備隊長を続けている壮年の兵士が、一良《かずら》とジルコニアに深々と頭を下げた。

「お疲れ様。あれから、何か問題は？」

ジルコニアが守備隊長に話しかける。

「はい、特に何も。平穏そのものです」

「そう。村の人たちは元気そう？」

「はい。反乱軍に村が襲われずに済んで、皆ほっとしていました……ええと」

守備隊長が2頭のウリボウに目を向ける。

2頭とも、兵士たちを怯えさせないようにと気遣ってか、少し離れたところに並んでちょこんと座っていた。

「ああ、あれはオルマシオール様よ。これからは私たちと一緒にいてくれることになって」

「おお、やはりそうでしたか。村人から連絡は受けておりましたが、本当にお目にかかれるとは」

守備隊長をはじめ、兵士たちがウリボウたちを見やる。

事前に村人に無線で連絡はしてあったので、オルマシオールが来るということは彼らも承知済みだ。

「オルマシオール様は我々の言葉は分かるのですか？」

「分かるみたい。でも、オルマシオール様からあなたたちに話すのは無理なんですって。小さな子供たちは話せるみたいなんだけど。ね、ミュラちゃん？」

ジルコニアがミュラを見やる。

「はい。お話しできました」

「ふむ。大人は無理、ということですか」

ウリボウたちが、その場でこくこくと頷く。

だいぶ離れているのだが、聞き取れている様子だ。

「う、頷いてらっしゃる……あの2頭のどちらがオルマシオール様で？」

「どっちもそうよ。しばらく村に滞在するから、失礼のないようにね」

「かしこまりました……ううむ、オルマシオール様が加勢してくれているという噂は本当だったのですね。オルマシオール様が2人いたとは、意外でした」

「そういうことだから、少しラタたちを離れさせてもらえる？　すごく怯えちゃってて、見てて可哀そうだわ。それに、オルマシオール様たちも村に入ってもらいたいから」

「む、確かに縮み上がってますな。承知しました」

守備隊長が使用人たちに指示を出し、ラタを離れさせる。

すると、ウリボウたちは立ち上がり、トコトコと小走りで一良《かずら》たちの下へとやって来た。

見ていた兵士たちから、「おお」と声が上がる。

「それじゃ、村に入りますかね」

一良《かずら》の言葉に皆が頷き、バイクを走らせて村へと入る。

その音を聞きつけて、畑や家の中にいた村人たちが一良《かずら》たちの下へと次々に集まってきた。

皆、嬉しそうだ。

「カズラ様、おかえりなさい！」

「あっ、リーゼ様だ！」

「リーゼ様、遊んでーー！」

「ミュラお姉ちゃんもいる！」

子供たちはリーゼとミュラの姿を見つけると、嬉しそうに騒ぎながらわっと彼女らの下へと駆け寄った。

「ふふ。皆、ひさしぶりだね！」

「リーゼ様、また一緒にアルカディアン虫を取りに行こうよ！」

「わっ、ウリボウだ！」

「おっきいね！　オルマシオール様、こんにちは！」

子供たちはウリボウを怖がる様子もなく、近寄ってもふもふと毛を触っている。

巨躯のウリボウは憮然とした様子で触られるがままにしているが、黒いウリボウは愛想よく子供たちに頭を擦り付けたり顔を舐めたりしていた。

「えへへ。オルマシオール様、もふもふしてる。あったかい」

「お口あーんってして！　ねえねえ！」

「うん、怖くないよ！　カズラ様のお友達なんでしょ？」

「あ、女の人なんだ。なんで口が動いてないのにしゃべれるの？」

「リーゼ様、オルマシオール様も一緒に森に行けるかな？」

リーゼとウリボウたちを囲んでわいわいとはしゃぐ子供たちに一良《かずら》は頬を緩める。

ミュラをサイドカーから下ろしてあげ、「遊んでおいで」とリーゼたちの下へと送り出した。

「皆さん、おひさしぶりです」

「カズラ様、おかえりなさい！」

「お疲れでしょう？　風呂の用意をしておきましたので、入られては？」

村人たちが一良《かずら》に明るい笑顔を向ける。

皆、元気そうだ。

「あ、俺はこれから神の世界に戻って物資を運んでこなきゃいけないんです」

「えっ、今すぐにですか？」

「ええ。早いとこ、砦に物資を送らないといけないんで。夜には帰ってきますから」

一良《かずら》がバレッタに目を向ける。

「バレッタさん、後のことはお願いします。とりあえずお風呂に入って、少し休んでから作業でどうですか？」

「カズラさんも休んだほうがいいですよ。疲れた顔してますし」

「そうですよ。ずっとバイクに乗って、これからまた自動車を運転するんでしょう？　疲れて運転は危ないですよ」

バレッタとジルコニアが一良《かずら》に言う。

一良《かずら》は「いやいや」と2人に笑った。

「これくらい大丈夫ですって。それに、早く物資の調達をして砦に送らないと」

「でも、疲れたまま運転して、もし事故とか起こしちゃったら……」

「カズラさん、無理はいけません。カズラさんは私たちとは違うんですから」

「そうだよ。カズラも休みなって。お風呂で背中流してあげるからさ」

口々に言うバレッタ、ジルコニア、リーゼ。

村人たちも、そうだそうだと彼女らに同調する。

「うーん……でもなぁ」

「なら、先に電話でお店に連絡しておいたらどうですか？　お屋敷に運んでもらうように頼むとか」

バレッタの提案に、一良《かずら》は少し考えてから頷いた。

ジルコニアとラースの決闘は9日後だ。

今はもうすぐ夕暮れに差し掛かる時刻なので、今から日本に戻ってあちこち回るとしてもあまり作業は進まないだろう。

彼女たちの言うとおり、今日はしっかり休んで明日から活動しても問題ないはずだ。

「分かりました。それじゃあ、そうしますか」

一良《かずら》が言うと、バレッタはほっとした顔になった。

「よかった……電話だけなら、すぐに戻ってこられますか？」

「ええ。ぱぱっと電話して戻ってきますよ。かかっても30分くらいですかね」

「なら、戻ってきたらすぐにお風呂に入れるようにしておきますね。お夕飯も作り始めないと」

「アイザック、ハベル、お風呂の前に一汗掻きましょ。木剣を用意なさい」

「「ええ……」」

そうして、一良《かずら》はいったん日本の屋敷へと向かうことにしたのだった。

1

数分後。

一良《かずら》はいつものように雑木林を抜け、石畳の通路へとやって来た。

「はあ、久しぶりだなぁ……しかし、この通路って誰が作ったんだろ？」

ひんやりとした石造りの通路を歩きながら、壁を見やる。

明らかに人の手で造られたようなものなのだが、イステリアで見られる石造りの建物よりもかなりしっかりした造りに見えた。

「うーん。ご先祖様が作ったとしても、わざわざこんな手間のかかる通路を作るかなぁ？

人で作るんじゃ時間がかかるだろうし」

もしこの通路を一良《かずら》の先祖が作ったのだとしたら、相当な日数がかかったはずだ。

石材を運搬するのにもかなりの手間がかかるだろうし、はたしてそこまでの労力を割いてまでこの長い通路を作るだろうか。

「もしかして、それよりさらに昔に別の人が作ったとかだろうか……うーん、謎だ」

ぶつぶつと独り言を言いながら、通路を抜けて日本へと繋がる扉をくぐる。

景色が見慣れた日本の屋敷に一瞬で切り替わったところで、一良《かずら》は背後を振り返った。

相変わらず、扉の向こうは畳張りの6畳間だ。

「あの部屋、どうやったら入れるんだろ？」

思えば、扉の向こう側の部屋は侵入できない謎空間だ。

見たところ畳も朽ちていないし、埃が溜まっている様子もない。

ためしに片手を扉の向こうに差し出してみると、手だけが扉を境にして消失した状態になっていた。

「これ、向こうから見たら腕の断面が見えてたりするのだろうか」

一良《かずら》はそんなことを言いながら手を引っ込め、扉の脇の壁を手で摩《さす》ってみた。

ごく普通の木の壁だ。

壁をぶちぬいたら部屋に入ることができるかも、とふと考えたが、そんなことをして万が一あちらの世界に戻れなくなっては大変だ。

余計なことはしないほうがいいと頷き、一良《かずら》は屋敷の外に出た。

スマホの電源を入れ、電話帳を開いた。

いつも通っているホームセンターの番号を見つけ、電話をかける。

「あ、もしもし。志野《しの》と申しますが、お聞きしたいことがあって。フロアマネージャーさんに代わってもらいたいのですが」

『あっ、はい！　いつもありがとうございます！　少々お待ちください！』

電話口から元気な声が響く。

すでに一良《かずら》の名前は周知されているようだ。

『お電話代わりました。志野様、今日はどのようなご用件で？』

「お忙しいところすみません。またまとめ買いしたいものがあって」

少しの間を置いて、すぐにフロアマネージャーが電話に出た。

彼はいつも良くしてくれるので、少しでも出世の助けになればと思っての指名だ。

「冬に備えて、灯油を買い溜めしようと思いまして。灯油缶と灯油を届けてもらいたいんですけど、できますかね？」

『承知いたしました。灯油タンクは何リットルのものをご用意すればよろしいでしょうか？』

「一番大型のやつをお願いします。こっちは冬になるとけっこう雪が積もるので」

『すぐにご用意できるものでは、500リットルのものがございますが』

「それでお願いします。あと、また注文するのも面倒なんで、できる限り多めに備蓄しておきたいんです。どれくらいまでなら、個人でも保管できるんですかね？」

『消防法では1000リットルまでですね。タンクと併せて灯油も配達できますが、いかがいたしますか？』

「なら、その灯油タンク2つと併せて灯油も1000リットルお願いします。それと、獣対策で有刺鉄線が大量に欲しくて――」

あれこれと注文を済ませ、電話を切る。

他の店にも車で直接足を運べば、ガソリンも灯油もかなりの量を仕入れることができるだろう。

ガソリンを使った火炎弾よりも威力は劣るだろうが、相当な破壊力を見込めるはずだ。

「……さて、たまには実家にも連絡しないとな」

あちこちの店に商品の配達やら取り置きやらの連絡をした後、一良《かずら》は電話帳で父親の番号を表示した。

通話ボタンを押そうとして、ふと指を止める。

いつも父親ばかりに電話しているが、たまには母親にも連絡したほうがいいかと考え直した。

もとより、父親には何を聞いても答えてくれなさそうなので、あれこれ聞いても無駄だろう。

「母さんと話すの、久しぶりだな」

電話をかけると、数コールで母親の睦《むつみ》が出た。

「あ、母さん？　ひさしぶ――」

『一良《かずら》！　ああ、よかった！　あんた、大丈夫なの⁉』

スマホから響いた母の大声に、一良《かずら》が思わず「うわ」とスマホを耳から離す。

ポチ、とスピーカー設定に切り替えた。

「うん、連絡しなくてごめん。特に何事もなく暮らしてるよ」

『そ、そう……よかった』

はあ、と母のため息がスマホから響く。

心底心配していた、というような声色だ。

『あのね、一良《かずら》。あんまり連絡できないのは分かってるけど、くれぐれも危ないことはしちゃダメよ？』

「え？　う、うん。分かってる。大丈夫だから」

おや？　と一良《かずら》は内心思いながら答える。

母親も異世界への扉について何か知っているのではと思い、聞いてみることにした。

「あのさ、母さん。聞きたいことがあるんだけど」

『うん、なあに？』

「今、群馬の山奥の屋敷からかけてるんだけどさ。母さんはこの屋敷のことについて、何か知ってる？」

『えっ？　べべべ、別に何も知らないけどっ？』

明らかに動揺した口ぶりの母。

こりゃ知ってるな、と一良《かずら》は苦笑してしまう。

「あのね、母さん。父さんにも聞いたんだけど、『お前のためにならない』って言って何も教えてくれないんだよ。どうして、父さんは俺をこの屋敷に住むように勧めたのか知らない？」

『う、うーん……』

母がうんうんと唸る声がスマホから響く。

かなり悩んでいる様子だ。

『うう、どうしよ……あうう……』

「あ、あのさ。どうしても言えないなら、せめて何で言えないのか教えてくれない？　母さん、あっちの世界に行ける部屋のこと知ってるんだよね？」

『う……し、知ってる……うう、言っちゃった……』

あっさりと白状する母。

数秒の沈黙が流れ、はあ、と彼女のため息が漏れた。

『あのね、一良《かずら》。お父さんには言っちゃダメだからね？』

『一良《かずら》はね、絶対に向こうの世界に行かないといけないってわけじゃないの』

「う、うん」

「え？　どういうこと？」

『え、えっとね……』

　母が言葉に詰まる。

　かなり悩んでいるのか、長い沈黙が流れた。

『お母さんね、一良《かずら》のこと大好きよ。ずっとあなたのことを守ってあげたいと思ってるし、それもできるの。あなたがよぼよぼのおじいちゃんになってからも、それは同じなの』

「……は？」

　いったい何を言っているのかと、一良《かずら》は困惑した。

　息子である自分のことを大切に想ってくれているというのは分かるのだが、後半の言葉の意味が分からない。

『でもね、一良《かずら》が向こうの世界で、もしも酷い目に遭ったらってすごく不安だけど、やっぱり一良《かずら》にも……あうう、これ、言っちゃダメなんだよぉ……』

　あああ、と母の悶える声が響く。

「え、どういうこと？　酷い目って何？」

『うう、ごべんねぇ……ダメダメなお母さんを許してね……』

「だから、ちゃんと説明してよ。俺、何が何だかさっぱり分からないんだから」

えぐえぐと泣きべそをかく母に、一良《かずら》が再度問いかける。

「その『言っちゃいけないこと』を俺に言うと、俺が酷い目に遭うの？」

『そうじゃないけど……一良《かずら》、絶対困るもん。聞かなきゃよかったってなるよ……』

「ええ……」

ますます聞きたくなるが、そうまで言われてしまうと聞くに聞けない。

「じゃあさ、もし俺があっちの世界にもう行かないって言ったら、母さんはどう思う？」

『……一良《かずら》は、それでいいの？』

「いや、ダメだけどさ。俺を頼ってくれてる人が大勢いるし」

『えっ、そうなの？　あっちで何をやってるの？』

「えっと……」

戦争に関わって手助けをしている、と言うと心配させてしまうよな、と一良《かずら》は考え、そういった部分は省くことにした。

「ほら、あっちって飢饉とかよく起こるみたいじゃん？　それを何とかしようとして、肥料を持って行ったり農業手法を教えたりしててさ。復興のお手伝いみたいなことをしてるんだよ」

『そう……危ない目には遭ってないんだよね？』

「うん。平和そのものだよ。心配ないって」

『そっか……なら、そのままお手伝いを続けるのがいいよ。その人たちの力になってあげなよ』

母のほっとした声が響く。

案じているのは、一良《かずら》の身の安全についてだけのようだ。

『その人たちって、皆いい人なの？』

「うん。いい人ばっかりだよ。良くしてもらいすぎて、逆に俺が感謝してるくらい」

『ふーん……あっ、誰か可愛い子とかいた？　もしかして、彼女できてたりする？』

途端に明るい声になった母に、一良《かずら》は少し笑ってしまう。

「いや、彼女はできてないかな」

『もう、そんなんじゃダメだよ！　いい子がいたら、ばしっと捕まえておかなきゃ！　それで、結婚することになったらちゃんと紹介してよね？　お赤飯炊いてあげるから！』

「はいはい。そのうちね」

『ねえ、あっちで一良《かずら》がやってること、もっと教えてよ』

「ん、いいよ。あっちの世界に行った初日の話から聞く？」

『聞きたい、聞きたい！　教えて！』

「ええと、父さんに群馬の屋敷に行けって言われて、あの扉を見つけてさ――」

そうしてしばらくの間、一良《かずら》は母とあれこれ話したのだった。

約2時間後。

一良《かずら》は異世界への扉をくぐり、雑木林の中を歩いていた。

あれから母とは1時間以上もしゃべってしまい、日は暮れて辺りはすっかり夕焼け色に染まっていた。

「あっ、カズラ!」

「カズラさん!」

例の転移地点にまで一良《かずら》が戻って来ると、バレッタとリーゼが大きく手を振っているのが見えた。

一良《かずら》は小走りで、彼女たちの下へと向かう。

「2人とも、遅くなってごめん」

「もう、心配したんだよ!? 30分くらいで戻るって言ってたのに、全然戻って来ないんだもん!」

「カズラさん、向こうで何かあったんですか?」

「それが、母と電話してたらいつの間にかこんな時間になっちゃって」

一良《かずら》が電話での母とのやり取りを、2人に話して聞かせる。

「へえ、カズラのお母様も、こっちに来れる扉のこと知ってたんだ」

「うん。それで、話し込んじゃってさ」

「でも、何で言っちゃいけないんだろうね？　カズラが困るって何だろ？」

「それがさっぱり分からなくて。ごめんねって泣かれちゃうし――」

「……やっぱり」

「バレッタさん、どうしました？」

ぽつりとつぶやくバレッタに、リーゼと話していた一良《かずら》が気づいて目を向ける。

「あ、いえ！　何でもないです！」

バレッタがにこりと微笑む。

「そろそろお夕飯ですから、家に帰りましょう。お風呂、すぐに沸《わ》かしますから」

「あ、そうだった。すみません、薪《たきぎ》を無駄にさせちゃって」

「いえいえ、薪なら前にグレゴルン領軍の人たちが作ってくれたものが山ほどありますし、大丈夫ですよ」

3人並んであれこれと話しながら、村へと歩く。

雑木林を抜けると、わいわいと遊んでいる子供たちの姿が目に入った。

2頭のウリボウとエイラが相手をしてくれている様子だ。

見たところ、ジルコニアとアイザックたちの姿はない。

「うお、まだ遊んでるのか」

「ええ。オルマシオール様たち、ずっと遊んでくれていて」

彼らの下に一良《かずら》たちが歩み寄る。

「あっ、カズラ様。おかえりなさい！」

「うん。じゃあ、また明日ね！」

「ばいばーい！」

子供たちは一良《かずら》への挨拶もそこそこに、ウリボウたちに手を振ってそれぞれの家へと帰って行った。

巨躯のウリボウが、やれやれといった様子でその場に腰を下ろす。

『おかえりなさい。物資の調達は上手くいきましたか？』

黒いウリボウが一良《かずら》に歩み寄り、にこりと微笑む。

大きな獣の姿ながら、表情豊かで可愛らしい。

「わっ⁉ 私も聞こえる！」

リーゼが驚いた顔で言う。

彼女も言葉が聞き取れるのは、周囲に他に人がいないからだろうか。

『意識にかなり強く霧をかけています。しばらくはふらつくと思いますから、転ばないように気を付けてくださいね』

「はい！ おっ、とと！」

よたよたとふらつきながらも、嬉しそうに頷くリーゼ。

どうやら、以前言われたように「頭に霞がかかっている状態」のようだ。

バレッタが慌ててリーゼを支え、ウリボウたちに目を向ける。

「オルマシオール様たちも、お風呂はいかがですか？」

バレッタが2人に提案する。

『私は結構だ。体が濡れるのは好かん』

『私は入らせてもらいますね。お風呂というものに、以前から興味があったので』

嬉しそうにしている彼女に、一良《かずら》がうんうんと頷く。

「それじゃ、行きましょうか。お風呂はあなたからで……うむ、名前がないと呼びにくいな。お二人とも、名前はないんですか？」

『ない。貴君らで適当に決めてくれ』

「適当にと言われても……バレッタさん、リーゼ、何かいい名前ないかな？　2人が付けてよ」

一良《かずら》に話を振られ、2人が考え込む。

「むむっ、大役を任されてしまった」

「う、うーん……お一人はオルマシオール様でいいと思いますけど」

『なら、私をそう呼んでくれ』

巨躯のウリボウが申し出る。

「なら、あとはお姉様の名前だね。何がいいかな？」

「女性ですから、可愛い名前がいいですね」

「でも、やっぱり神様だから、威厳もある感じがいいんじゃない？」

「威厳ですか……うーん」

『ふふ。何だかドキドキしますね』

黒いウリボウがにこにこして、必死に名前を考える2人を見つめる。

あれはどうだ、これはどうだとバレッタとリーゼはいくつか提案し合うが、なかなか決まらない。

「んー、どうしよ。困ったなぁ……」

「ですね……神様の名前ですし、なおさら難しいです……」

『何でもいいから、さっさと決めてくれ。私は腹が減ったぞ』

オルマシオールが不機嫌な声で言い、その場に伏せる。

バレッタとリーゼは「す、すみません」と焦り顔になった。

『もう、酷い言い草ですね。私が初めて貰う名前なんですよ？』

『そんなに悩むものでもないだろうが。ウリとかボウなどでいいのではないか？』

『……そんな名前を付けられたら、私は1人で森に帰りますからね』

『まったく、面倒な女だ』

やれやれ、とオルマシオールがため息をつく。

バレッタとリーゼは、ますます慌てた顔になった。

「ど、どうしよ。ねえ、カズラも考えてよ！」

「カズラさん、何かいい感じの名前はないですか？」

「何かって言ったって……」

一良《かずら》が渋い顔になる。

せっかく命名権を２人に投げたというのに、投げ返されてしまった。

「んー。見た目が動物だから、ペットにつける名前っぽいと親しみやすいような。シロとかクロじゃさすがにアレだけど」

「ぺ、ペットって……それはちょっと失礼な気がします」

『別にかまいませんよ？　個性的で素敵な名前をお願いしますね』

一良《かずら》を諫めるバレッタに、黒いウリボウが言う。

個性的で素敵、とはなかなかに難しい注文だ。

「カズラは何か動物を飼ってたことないの？　参考にさせてよ」

リーゼがぶすっとしているオルマシオールをちらちらと見ながら、一良《かずら》に聞く。

早く決めねば、と焦っている様子だ。

「あるぞ。猫とミドリガメを1匹ずつ飼ってた」

「猫って、映画に出てきたもふもふの可愛い動物だよね？　カズラが名前を考えたの？」

「うん」

「何て名前？」

「すこんぶ」

「「……」」

バレッタとリーゼが黙りこくる。

すこんぶ（酢昆布）は一良《かずら》が大量に持ち込んだお菓子のなかにもあったので、どんなものかは2人とも知っている。

エイラが特に好きで、「美味しい」と休憩時間によく食べていた。

ペットにはかわいい名前かもしれないが、人語を話す相手を「すこんぶ様」と呼ぶのはかなり厳しい気がする。

『……あの、私は別にすこんぶでもいいですよ？　珍しい名前ですし、何となく可愛い気がしますし』

黙りこくってしまったバレッタとリーゼを気にしてか、黒いウリボウがおずおずと口を挟む。

現状、「ウリ」「ボウ」「すこんぶ」の三択だ。

「い、いえ！　別の名前を考えますので！　カズラ、すこんぶ以外で！」

「んなこと言っても……後は亀の名前しか付けたことないしなぁ」

「亀は何ていう名前だったんですか？」

「ティタニア」

「いいじゃん！」

「いいじゃないですか！」

なかなかに綺麗な響きに、リーゼとバレッタの声が重なる。

「その名前、どういう意味なの？」

「星の名前だよ。地球からかなり離れた場所にあるやつだったかな」

「どうして、その星の名前を亀に付けたんですか？」

「子供の頃、家族で宇宙観測センターってとこに遊びに行ったんですけど、そこでなぜか亀が売ってて。俺が両親にせがんで、買ってもらったんです。で、名前をどうしようかってなって、そこの展示場で紹介されてた星の写真を見て、綺麗な名前だなって思って付けたんです」

「なるほど！　ティタニア様、でいかがですか？」

リーゼが言うと、黒いウリボウはにっこりと微笑んだ。

『はい。とても綺麗な響きの名前ですね。カズラ様とも縁の深い名前で、とても気に入りました』

「よかった……バレッタも、いいかな？」

「はい。素敵な名前だと思います」

バレッタがほっとした様子で頷く。

『では、これからはティタニアと名乗らせていただきますね。カズラ様、素敵な名前をありがとうございます』

「あ、いえいえ。うちにいたティタニアも、あなたと同じ名前になれてきっと喜んでいると思います」

よく分からない返事をする一良《かずら》に、バレッタとリーゼがあははと笑う。

すると、オルマシオールがのそりと起き上がった。

『決まったようだな。飯にしてくれ』

『ふふ、オルマシオール。よだれが出ていますよ？』

ぽたぽたとよだれを垂らしているオルマシオールに、ティタニアがくすくすと笑う。

『こんなにいい匂いをかがされては、辛抱《しんぼう》堪らん。さっさと行くぞ』

『ねえ、私の名前を呼んでくださらないの？』

『……ティタニア、行くぞ』

憮然とした様子で名を呼ぶオルマシオールに、ティタニアは嬉しそうに微笑むのだった。

一良《かずら》たちがバレッタの家へと戻ると、居間の囲炉裏《いろり》でジルコニア、エイラ、アイザック、ハベルが串に刺された大量の魚を焼いているところだった。

囲炉裏の周りには大皿が置かれ、大きな肉の塊《かたまり》や野菜の炒め物などの料理がいくつも並んでいた。

「あら、カズラさん、おかえりなさい」

「皆様、おかえりなさいませ」

ジルコニアとエイラがにこりと微笑み、一良《かずら》たちを出迎える。

ジルコニアは私服に着替えており、エイラも侍女《じじょ》服ではなく私服姿だ。

アイザックとハベルは鎧下《よろいした》姿で、囲炉裏の灰に突き刺されている大量の魚の焼け具合を見ながらくるくると順番に回しているところだった。

「うわ、すごいごちそうですね」

驚く一良《かずら》に、ジルコニアが「はい」と微笑む。

「ロズルーが、森で野生のカフクを仕留めてきてくれて。こんなに大きな肉の塊を置いて行ってくれました」

ジルコニアが両手で大きな丸を作ってみせる。

一良《かずら》が留守にしていたのは2時間ほどだが、まさかその短時間で獲物を仕留めて解体までしたうえに運び込んでしまうとは。

「おお、それはすごいですね。肉、全部料理したんですか？」

「はい。一応、生肉も半分残して切り分けておきました。オルマシオール様たちは、生肉も好きなのかなって思って」

『どちらも好きだぞ。心遣い、感謝する』

オルマシオールの言葉が皆の頭に響き、ジルコニアたちが驚いた顔になる。

「えっ、私たちもお話しできるのですか？」

『うむ。だが、今は立ち上がらんほうがいいぞ。おそらく、転んでしまうだろうからな』

「はあ……う」

ジルコニアが頷きかけて、顔をしかめて左手を床につく。

「な……この、眠気は……」

『む、やはり効きすぎたか』

「カ、カズラ、支えて。立ってられない」

一良《かずら》の隣にいたリーゼが、一良《かずら》の腕にしがみつく。

目が虚ろになっており、足ががくがくと震えていた。

エイラ、アイザック、ハベルはぱたりと床に倒れ込んでしまっている。

「うお!?　だ、大丈夫か!?」

「む、無理……あ、あれ？」

一拍置いて、リーゼの足の震えが止まり目つきが元に戻った。

どうやら、オルマシオールが術を解いたようだ。

オルマシオールが一良《かずら》を見上げ、右前足を上げてちょいちょいと囲炉裏を指す。

「あ、はい。食事ですね。上がってください」

一良《かずら》が言うと、オルマシオールはのそりと居間に上がった。

倒れているエイラの隣に行き、鼻先で彼女の頬をつつく。

エイラははっとした様子で目を覚まし、目の前にあるオルマシオールの顔に驚いて「きゃあ！」と悲鳴を上げた。

「あ、あれ？　私……寝てましたか？」

驚いてのけぞってしまっているエイラが、一良《かずら》に目を向ける。

「ええ。オルマシオールさんの力で眠ってしまっていたみたいです」

「そ、そうなんですか……あっ、アイザック様！　ハベル様！」

いまだに倒れ込んでいる2人に、エイラが呼びかける。

2人ともぴくりとも動かず、すやすやと眠っている様子だ。

見ると、彼らの腕には青あざがいくつもできているのが見て取れた。

「あらあら。2人とも、ぐっすりね」

ジルコニアがアイザックに歩み寄り、肩を揺する。

それでも彼は起きず、熟睡していた。

『そのままにしておけ。5人なら、辛うじて耐えられるだろう』

再び、オルマシオールの声が皆の頭に響く。

起きている人の数によって、彼の使う力の強さの強弱は変わるらしかった。

「う……また眠気が……」

ジルコニアが少し顔をしかめる。

エイラは頭がふらついており、目の焦点が合っていない。

「わ、私も眠気が……カズラとバレッタは平気なの？」

リーゼが一良《かずら》の腕を強く抱きながら、2人に目を向ける。

「俺も少しだけ。バレッタさんは？」

「大丈夫です。眠気もありません」

バレッタが即答する。

『彼女はカズラに向ける意志の強さが桁違いだ。私がどんなに術を強くしても、彼が傍にいる限りは眠ることはあるまい。術に対する順応速度もすさまじい。大したものだな』

「……え？　どういうことですか？」

リーゼがオルマシオールに問いかける。

『我らに対して、一片たりとも油断していないということだ。何があろうともカズラを守るという意志の塊だな』

皆が驚いた顔をバレッタに向ける。

「……すみません」

バレッタが少し目を伏せて謝る。

『構わん。それがお前の生きかたなのだろうからな』

オルマシオールはそう言うと、料理に目を向けた。

『さて、これくらいにしておこう。食事にさせてくれ』

彼がそう言った途端、ジルコニアたちのふらつきが止まった。

術を解いたようだ。

しん、と重い沈黙が部屋を支配する。

「え、ええと。それじゃあ、食べますかね。ティタニアさんは、お風呂に行きます？」

重苦しい空気のなか、一良《かずら》がティタニアに目を向ける。

彼女は苦笑しながら、こくりと頷いた。

「……私、お風呂の薪係やるね。ティタニア様、行きましょう」

リーゼがティタニアをうながし、外に出て行く。

「そ、それじゃあ、バレッタさん、俺たちは食事にしましょうか」

一良《かずら》がバレッタに目を向けて言う。

バレッタはにこりと微笑み、「はい」と頷いた。

屋敷を出たリーゼとティタニアは、敷地内にある風呂小屋へとやって来た。

小屋の扉を開け、リーゼが振り返る。

「ティタニア様、こちらが……え」

「ふふ。この姿では、初めましてですね」

いつの間にか目の前に立っている黒い服を着た女性の姿に、リーゼが目を丸くする。

「えっ。あ、あの、ティタニア様、ですか？」

「はい。ティタニアです」

「いつの間に人の姿に……」

驚いているリーゼにティタニアはにこりと微笑むと、小屋の中をのぞき込んだ。

そして、おお、と嬉しそうな声を上げる。

綺麗な板張りの脱衣所と、その先にある開いたままの扉の向こうには五右衛門風呂が見えた。

「あれがお風呂なのですね。楽しみです」

「あ、はい。そこの脱衣所で服を脱いでいただいて……あと、そこにあるのが洗髪剤で――」

2人で風呂場へと入り、リーゼがシャンプーやボディソープの使いかたを説明する。

「なるほど。ずいぶんと強い香りのする薬液で洗うのですね」

ティタニアがシャンプーのボトルを手に取って言う。

「そんなに強い匂いがしますか？」

「私たちは鼻がいいもので。でも、いい香りですね」

「あ、お背中流しましょうか？」

「んー……そうですね。お願いします」

ティタニアが脱衣所に戻り、するっと衣服を脱ぐ。

リーゼは五右衛門風呂へと小走りで向かい、湯に手を付けて温度を確かめた。

火が消えてしまっているため、だいぶ温めだ。

「お風呂に薪をくべてきますね。一度お湯で髪を流してから、シャンプーで洗っていてください」

「分かりました」

リーゼが外に出て、小窓の付いている窓の下へと行く。

置いてあった火かき棒で灰を掘ると、中にはほのかに赤い炭が残っていた。

薪をくべ、立てかけてあった筒で息を吹きかけて火を熾す。

そうしながら、こうして自分で火を熾すのは、思えば初めてのことだと気づいた。

いくつか薪を炉《ろ》に放り込み、風呂小屋へと戻る。

「お待たせしま……わわっ⁉ すごいもこもこ！」

裸で頭を泡だらけにしているティタニアに、リーゼが驚く。

普段から清潔にしているのか、かなりの泡立ちだ。

「んー。これ、どれくらい洗えばいいんですか？」

「それくらいで大丈夫ですよ。お湯、かけますね」

リーゼが袖を捲り、手桶で湯を掬ってティタニアの頭にかける。

ざばっと泡が流れ落ち、ふう、とティタニアが息をついた。

「さっぱりしますね。とても気持ちがいいです」

「ふふ、よかったです。次はコンディショナーを使いますね」

リーゼがコンディショナーのボトルから、ちゅっちゅっと数回液を出して手でこすり合わせる。

ティタニアの長い黒髪になじませるように、丁寧にすきながら髪全体に行き渡らせた。

「流しますね」

再び手桶で湯を掬い、ざばっと何度かかけて洗い流す。

「これは、先ほどのあわあわしたものとは違うのですか？」

「はい。髪の毛をさらさらにする洗髪剤です。触ってみてください」

ティタニアが自身の髪を触り、「おー」と嬉しそうな声を上げた。

「なるほど、これはいいですね。こんなに髪がなめらかになったのは初めてです」

「カズラの持ってきてくれるものは、どれも本当にすごいんですよ。このボディソープも、体がつるつるになって、毎日使っているとどんどん肌が綺麗になっていくんです」

「まあ、それはすごいですね。体も洗ってみますね」

「はい。では、お背中、失礼します」

ティタニアがボディソープをタオルに出し、ゴシゴシと体を洗い始める。

リーゼも同じようにタオルにボディソープを付けると、その真っ白な背中を洗い出した。

——あんなに真っ黒な毛並みだったのに、肌は真っ白なんだ……。

先ほど脱いでいた服は毛と本物の服のどちらなのだろう、と思いながらリーゼが背中を洗っていると、ティタニアが少し振り返った。

「あっ！　す、すみません！　痛かったですか⁉」

「いえ、大丈夫ですよ。気持ちいいです」

ティタニアがにこりと微笑む。

「リーゼさん、先ほどのオルマシオールの言葉は、気にしないでくださいね」

「えっ？」

「オルマシオールがバレッタさんに言ったことは、あくまで意志の強さを褒めただけです。カズラ様にふさわしいとか、そういう意味ではありませんから」

ティタニアの背を洗っていたリーゼの手が、ぴたりと止まる。

「……ティタニア様から見て、バレッタはどんな人ですか？」

「どんな、ですか。そうですね……」

ティタニアが手を止め、んー、と考える。

「とても純粋な……綺麗な魂を持った人だと思います。自分に嘘をつかないという強い意志と、真っすぐな心を持った人ですね」

「私とは、違いますか？」

「リーゼさんも素敵な魂をお持ちだと思いますよ。力強く、優しい心をお持ちですね」

「……私とバレッタと、どちらがカズラにふさわしく見えますか？」

「それはご自身で決めることでは？」

即答され、リーゼが「う」と呻く。

「どうか、後悔して1人で涙を流すようなことはしないでくださいね。後悔を残して一生を終えるのは、とてもつらいことです。ご自分を大切にしてください」

「……私、ずっと今みたいな生活が続いたらなって。カズラがいて、バレッタがいて、お母様がいて。こんな日々が、ずっと続いてほしいって思うんです」

ティタニアが手桶を取り、湯舟から湯を掬う。

揺らめく水面に映る自分の顔を、じっと見つめた。

「それが、あなたの望む未来なのですね」

「……はい」

「それは、彼らには伝えたのですか？」

「カズラには、まだ……バレッタには話したのですが」

以前、砦奪還作戦の折、野営地の天幕でバレッタと話したことをリーゼは思い起こす。

あの時のバレッタの表情を、リーゼはずっと忘れられないでいた。

「彼女は、何と答えたのですか？」

「……何も、答えてくれませんでした」

「それは……つらいですね」

「……はい」

ティタニアが体に湯を流す。

リーゼは立ち上がり、脱衣所への引き戸を開けた。

「外に出ていますね。ぬるいようでしたら、声をかけてください」

「ありがとうございます。それと、リーゼさん」

出て行こうとするリーゼに、ティタニアが声をかける。

振り返るリーゼに、ティタニアは優しく微笑んだ。

「私でよければ、いつでも話し相手になりますからね」

そう言う彼女に、リーゼは微笑み頷くのだった。

数時間後。

女性陣の後で、一良《かずら》は風呂に入っていた。

アイザックとハベルは、あれからずっと眠ったままだ。

揺すろうが名前を呼ぼうがまるで起きないので、皆で別室に運んで並んで布団に収まっている。

ジルコニア曰く、「ヘロヘロになるまで手合わせに付きあわせてしまったから仕方がない」とのことだ。

2人の腕に無数の青痣があったのは、それが理由らしかった。

「お兄さん、いい身体してますねぇ。うへへ」

一良《かずら》の背中をタオルでごしごしと洗いながら、リーゼが言う。

バレッタは一良《かずら》の頭をシャンプーで洗っているところだ。

2人とも、一良《かずら》から借りたシャツを羽織っているのだが、大きすぎてだぼだぼだ。

「セクハラオヤジか、お前は。ていうか、体も頭も自分で洗えるからさ……」

「いいじゃん、やらせてくれたって。ねえ、バレッタ？」

「ふふ、そうですね」

もこもこと一良《かずら》の頭を泡立てながら、バレッタが笑う。

「あー、暑い。私ももう一度、お湯に浸かろっかなぁ。3人で入れないかな？」

「な、何言ってんだお前は。それに、３人でなんて入れるわけないだろ」

「そう？　けっこう大きいし、詰めれば何とか入れるんじゃない？」

リーゼがそう言って、泡だらけの手で自身の上着をたくし上げる。

「ちょ、ちょっと、リーゼ様！　脱いじゃダメです！」

「えっ⁉」

「カズラさん何で振り向いてるんですか⁉　見ちゃダメですって！」

バレッタが慌てて、一良《かずら》の目を泡だらけの手で押さえる。

「ぎゃっ⁉　目が、目があぁぁ⁉」

「あっ⁉　ご、ごめんなさい！」

「ほらほら、バレッタも脱いじゃいなさいよ。せっかくいい身体してるんだからさ」

「ひゃあ⁉　やめて！　やめてください！　何で脱がそうとするんですかっ⁉」

「目がぁぁぁ！」

悲鳴を上げる一良《かずら》を残し、バレッタがリーゼの手を掴んで脱衣所に無理やり引っ張り込む。

「ふふ。カズラ様、大丈夫ですか？」

外からティタニアの笑い声が響く。

薪係をやる、と申し出てくれたのだ。

「だ、大丈夫です。いてて……」

一良《かずら》が何とか手桶を探り当て、湯を掬って顔を流す。

「皆さん、仲がいいですね。いつもこんな感じなのですか？」

「ええ。毎回こんな感じで。はは」

「そうでしたか。カズラ様は今、幸せですか？」

「え？」

突然そんなことを言われ、一良《かずら》がきょとんとした顔で窓を見上げる。

脱衣所からは、相変わらずリーゼとバレッタがぎゃーぎゃーと騒ぐ声が響いていた。

「そりゃまあ、毎日楽しいし、幸せですよ」

「そうですか。いつまでも、こんな日々が続くといいですね。戦争が終わった後も、こうした日々が」

「ですね。またのんびりした日々を過ごせるように、頑張らないと。今は殺伐としすぎていますし」

「はい……カズラ様は、ずっとこちらで暮らすおつもりなのですか？」

「こっちの世界でってことなら、そのつもりですよ。この村で暮らしていけたらなって」

「そうでしたか」

一良《かずら》の答えに、ティタニアの少しほっとした声が響く。

「それを聞いて安心しました。これからも、よろしくお願いいたしますね」

「ええ、こちらこぶべっ⁉」

一良《かずら》が答えた時、ばたん、と脱衣所の扉が倒れて一良《かずら》に倒れ掛かってきた。

ごん、と頭に扉が直撃し、一良《かずら》が扉の下敷きにされて洗い場に倒れ込む。

「きゃあっ⁉ カズラさん、大丈夫ですか⁉ リーゼ様、どいてくださいってば！ 本気で怒りますよ⁉」

「カズラ！ 今、バレッタ上半身裸だよ！」

「な、なんだって⁉ ぐ、ぐええ！」

「わああっ⁉ カズラさん、出てきちゃダメです‼」

バレッタが慌てて扉を押さえつけ、一良《かずら》は床に押し付けられた。

小柄な女性が2人とはいえ、扉の重さと合わさってかなりの重量だ。

「いだだっ！ つぶれちゃう！ どいて！」

「あっ⁉ ご、ごめんなさい！ きゃあ⁉」

ぱっと扉の上からどいたバレッタを、リーゼが羽交い絞めにした。

「カズラ、今だよ！」

「や、やっと出られ――」

「いい加減にしなさいッ‼」

「は、はい！」

今まで聞いたことのない迫力でバレッタが怒鳴り、リーゼが肩を跳ね上げて手を離す。

一良《かずら》も巻き添えを食う感じで、扉の下敷きになったまま動きを止めた。

あらあら、という楽しそうな笑い声が、窓の外から響いていた。


翌朝。

皆より早く朝食を済ませた一良《かずら》が、「さて」と立ち上がった。

「それじゃあ、俺はまた物資の調達に行ってきますね」

「カズラさん、これ、お弁当です」

小奇麗な布に包まれたお弁当箱を、バレッタが差し出す。

「おっ、ありがとうございます。いつもすみません」

「いえいえ。今日はいつ頃帰ってこられそうですか？」

「夕方には帰ってきます。屋敷にたくさん荷物が届くんで、村に運んで来たら砦に送り出さないと」

それと、と一良《かずら》がオルマシオールに目を向ける。

彼は昨夜はティタニア（獣の姿）とともに外で眠り、今は2人して居間に上がって食事を取っていた。

大皿に乗せられた大量の料理を、零さないように少しずつ食べている状態だ。

アイザックとハベルは、2人とも野営地に鎧を取りに戻っている。

ジルコニアのご指名で、今日も戦闘訓練を行うとのことだ。

「じゃあ、部隊の人たちに伝えておきますね。今夜出立すれば、決闘の日までにはギリギリ間に合いそうです」

「カズラ、昨日ぶつけた頭、大丈夫？　たんこぶできてたけど」

リーゼに言われ、一良《かずら》が苦笑しながら頭を撫でる。

「ああ、大丈夫だよ。もう小さくなってるし」

「バレッタ、ごめんね。調子に乗りすぎちゃった。あんなに怒ると思わなくってさ……」

しゅんとした様子で謝るリーゼに、バレッタが「あはは」と苦笑する。

「いえ、私こそあんな怒りかたしちゃって……でも、もうあんなことはやっちゃダメですよ？」

「はい……」

「ふふ、3人とも仲がいいですね……あ、カズラさん。今夜の食事は、期待しちゃっても大丈夫ですか？」

クスクスと笑っていたジルコニアが、思い出したかのように言う。

黙々と料理を食べていたオルマシオールの耳が、ピンと立った。

隣で料理を食べていた獣の姿のティタニアが笑ったように一良《かずら》には見えた。

「ええ、期待しててください。美味しい料理をたくさん持ってきますから。村の人たちにも、おすそ分けしないと」

「では、お腹ペコペコにして待ってますね。今日も目一杯訓練しないと」

「そうしてください。それじゃ、また後で」

一良《かずら》が靴を履き、屋敷を出ていく。

皆はそれを見送ると、のんびりと朝食を続けたのだった。


数時間後。

バレッタ、リーゼ、エイラの3人は、倉庫の前で空き缶に火薬を詰めていた。

目の前には大量の空き缶が入った布袋が置かれ、それぞれ1つずつ取り出しては、樽からコップで掬い上げた火薬と釘を入れていく。

「それにしても、すごい量の空き缶だね。カズラ、こんなにたくさん持ってきてたんだ」

桃缶を手にしたリーゼが、ぺりぺりとラベルを剥がしながらバレッタに言う。

倉庫の中にはさらに大量の空き缶が収容されており、材料が足りなくなることはなさそうだ。

「はい。長期間戻って来られなくなった時のためにって、すごい量を持ってきてくれたんです」

「それを爆弾に再利用か……これに使えるって、バレッタは前から考えてたの？」

「はい。カズラさんのくれた日露戦争の書籍に、空き缶を再利用して即席爆弾を作ったっていう記述があったので。いつか使う時がくるかもって思って」

「日露戦争？　それって、日本であった戦争？」

「ええ。ロシア帝国っていう国と日本が戦った戦争みたいです。今から100年以上前にあった戦争らしくて」

戦争のあらましを、バレッタがリーゼに話して聞かせる。

戦争で発生したすさまじい数の犠牲者や戦闘の詳細を話すと、リーゼとエイラは驚いた顔になった。

「死者だけで双方が10万人以上って、すごい規模だね……」

「我々の国の戦争よりも、かなり大規模な戦いだったんですね……」

リーゼとエイラが言う。

こちらの世界の戦争においては、場合によっては数千人規模の死者は出るものの、それが万単位になることはかなり稀《まれ》だ。

国の規模や戦闘に動員される人数がそこまで多くないというのもあるが、使われる武器の性能がそこまで殺傷率が高くないというのが大きい。

また、降伏させた敵兵は奴隷や敵軍との取引に使う捕虜に代わるため、殺すよりも捕縛が望まれることが多い。

「日露戦争の後に起きた第一次世界大戦と第二次世界大戦のほうが規模はすごいですよ。戦死者だけでも、前者は約850万人、後者は5500万人以上出ています。関連死や行方不明者も併せたら、さらに数千万人単位で増えるみたいですし」

「世界大戦ってことは、全世界で戦争をしたの？」

「そうみたいです。世界中の国がいくつかの陣営に分かれて、様々な兵器を使って殺し合いをしたみたいですね」

「そんな戦いをしたら、国がいくつもなくなっちゃいそうですね……」

エイラの言葉に、バレッタとリーゼが頷く。

「日本は、今は戦争をしていないのですか？」

「そう聞いています。戦争をしている国はあるみたいですけど、日本からは遠い場所みたいですね」

「よかった……カズラ様の国は、今は平和なのですね」

エイラがほっとした顔になる。

「でもさ、私たちの世界も、いつかはそんな大きな戦争が起きるかもしれないよね」

火薬の詰まった空き缶を見つめて、リーゼが言う。

「そういう話を聞くとさ、大昔みたいにちっちゃな部族ごとに洞穴とかに住んで、槍を持って獣相手にわーわーやってた時のほうが平和だったんじゃないかなって思えるよ」

「ですね。きっと、毎日を生きるので精一杯で、戦争だとか言っていられないでしょうし」

うんうん、とエイラが頷く。

「なら、リーゼ様は大昔の世界に戻ったらいいなって思います？　ふかふかのベッドも、綺麗なお洋服も、もちろんお風呂だってありません。食べ物だって、毎日手に入るか分かりません。薬なんてありませんから、病気になったら高確率で死んじゃいます」

バレッタが言うと、リーゼは「う」と唸った。

「む、無理。今みたいな快適な生活、手放せないよ。病気の時に薬がないのは、すごくつらいし」

「ですよね。結局、そういうことなんだと思います。生活の質の向上と争いはセットなんじゃないかなって。仕方のないことなんですよ」

「むむ、確かに……何だかバレッタ、講師みたいだね」

「えっ？」

リーゼに言われ、バレッタがきょとんとした顔になる。

エイラも、ですね、と頷いた。

「さっきの日本の戦争の話もすごく分かりやすかったよ。するっと頭に入ってきたもん。私が普段教わってる講師より、何倍もそういう説明するのが上手だよ」

「ですね。それに、戦争理由や両国の国内事情まで、あんなにすらすら話せるなんてすごいです。全部覚えていらっしゃるんですか？」

「一応、本に載っていた内容は覚えてますけど……」

「何ページに何が載ってたかまで分かるんでしょ？」

「は、はい」

「むう。同じ人間なのに、何でここまで頭のできが違うんだろ……」

「そう言われても……」

納得いかない顔で言うリーゼに、バレッタが困った顔になる。

「ねえ、バレッタ。私の代わりにイステール家の跡継がない？　お父様に頼んで、養子にしてもらってさ」

「な、何を言ってるんですか！　リーゼ様の代わりなんて、誰にもできませんよ！」

「冗談だって。でも、いいなぁ。私もバレッタみたいになりたかったな……」

リーゼがそう言った時、オルマシオールがトコトコと歩いてきた。

背にはミュラと子供が3人乗っており、その後ろからはティタニアが同じく子供たちを背に乗せて付いてきている。

朝からずっと、彼らは子供たちと遊びどおしだ。

「リーゼ様、オルマシオール様が『そろそろ雨が降るぞ』って言ってます」

オルマシオールの背の一番前に乗っているミュラが言う。

「えっ、そうなの？」

　3人が空を見上げる。

　頭上はすっきりと晴れた空なのだが、少し遠くに黒雲があるのに気が付いた。

「はい。あと1刻くらいで、小雨が降るようです」

「そうなんだ。オルマシオール様、ありがとうございます」

　リーゼがにこりと微笑んで礼を言うと、オルマシオールはこくりと頷いた。

　そして、再びとことこと歩いて3人の前を通り過ぎる。

「あれ？　どこに行くの？」

「森にお父さんを迎えに行くんです。今日も朝から狩りに行っているので、カフクを運ぶのを手伝うんです」

「そうなんだ。でも、カフクってそんなに毎日獲れるものなのかな？」

「昨日群れを見つけたって言っていたので、大丈夫だと思います。お父さん、狩りが上手なので」

　にこりと微笑んでミュラが言う。

　他の子供たちに比べ、とても丁寧な言葉遣いにリーゼは感心した。

「では、行ってきます」

「行ってらっしゃい。雨に降られる前に帰って来てね」

「はい！」

オルマシオールたちが森へと歩いていく。

リーゼはそれを見送り、再び「いいなぁ」とぽつりとつぶやくのだった。


その頃、一良《かずら》は以前地獄の動画制作を依頼した女性（宮崎さん）と、焼き肉屋で食事をとっていた。

一良《かずら》はバレッタの作ってくれた弁当をすでに食べていたが、彼女はまだ昼食を取っていないとのことだったので付きあうことにしたのだ。

一良《かずら》が気を利かせてあれこれと注文した高級肉を、宮崎が嬉しそうに焼いている。

「うう、昼間っから焼き肉なんて……しかも、こんないいお肉ばっかりなんて、幸せすぎますよぉ」

ニッコニコになっている宮崎に、一良《かずら》が笑う。

「喜んでもらえてよかったです。好きなだけ注文していいんで、モリモリ食べてくださいね」

「ありがとうございます！　最近、金欠で食パンとそうめんしか食べてなかったんで、たくさん食べさせていただきます！」

「そ、そんなにですか。前に会った時も金欠って言ってましたよね？」

「う……そ、そうでしたっけ。あはは」

宮崎が恥ずかしそうに笑う。

「ええ。何か大きな買い物でもしたんですか？」

「その……私、ゲームの実況動画をネットに上げてるって言ったじゃないですか」

「言ってましたね」

「チャンネル登録者数はそこまで多くないんですけど、一応大手の会社に所属してるんです。で、そこのマネージャに『いい投資話がある』って話を持ちかけられて。それじゃあってことで貯金を全部渡したら、そのまま連絡がつかなくなっちゃって」

「ええ……それ、詐欺じゃないですか」

ドン引きする一良《かずら》に、宮崎が「あはは」と笑う。

「そうなんですよ！　それで金欠なのに、彼氏……じゃない、元彼が働きもしないで『もっといい飯作れ』とか言ってくるうえに勝手に財布からお金盗ってパチンコに行きやがったんで、さすがにキレて半月前に部屋から叩き出してやったんです。もう、踏んだり蹴ったりで」

「お、おおう……」

一良《かずら》が異世界であれこれ激動の日々を送っている間に、彼女もなかなかに壮絶な日常を送っていたようだ。

ヒモの彼氏を養っていたところに詐欺にまで遭ってしまうとは、運がないとしか言いようがない。

ろくでもない彼氏と縁を切れたということだけが、不幸中の幸いとでも言うべきか。

「そういうことなら、ってわけでもないですが、今回の仕事は30万円出しますね。納期は6日後でも大丈夫ですか？」

「はわわ⁉　か、神様ですかあなたは⁉」

宮崎が感激した様子で瞳を輝かせる。

今回、彼女には地獄と天国の動画の別バージョンの制作をお願いしていた。

理由は、前回作ってもらった動画はあまりにも地獄の描写が壮絶すぎたため、視聴中に気絶する者が何人か出たからだ。

砦に帰った折にはメルフィにも動画を見せることになっているため、直接的な残酷描写《ざんこくびょうしゃ》をカットしたりソフトにしたりすることになっている。

ついでに、いつも同じ動画を見せていて説得力が薄くなっても困るので、「こんな地獄もありますよ」とラインナップを豊富にするのだ。

前回の動画制作もあって勝手の分かっている宮崎に丸投げできるので、一良《かずら》に手間はほぼかからない。

「あはは。まあ、今回は本数が多いですし、この間の動画もすごく良くできていましたから。お願いしても大丈夫ですかね？」

「もちろん！　期日厳守で、気合い入れて作りますから！　そ、それと、もしよかったら、今度どこか遊びに行きません？」

宮崎が少し緊張した様子で言う。

「え？　遊びにですか？」

「はい！　志野さんとお話ししてると楽しくて！　プライベートでも、お友達になっていただけたらなって。あはは」

「あー、いや、ちょっとしばらく忙しくて、遊びに行くのは無理かな……ごめんなさい」

「い、いえいえ！　こっちこそ変なことを言ってごめんなさい！　あはは！」

宮崎が慌てて胸の前で手を振る。

笑って誤魔化《ごまか》してはいるが、あからさまに凹んでいた。

「ま、まあ、友達にっていうのはもちろんＯＫなんで。そのうち時間ができたら誘いますから、またお昼でも食べに行きましょうね」

「は、はい！」

その後、あれこれと動画のイメージを詰めたり、彼女の動画投稿者生活の話やらを聞きながら食事は進んだ。

小一時間ほどで食事を終え、一良《かずら》は宮崎を助手席に乗せて、彼女の会社の前までやってきた。

車を止めて彼女を降ろし、じゃあ、と手を振り別れる。

ぶんぶんと手を振っている彼女をバックミラーでチラ見し、視線を前へと戻した。

行き交うたくさんの自動車。

通りを歩く人々。

飲食店のテラス席で楽し気に食事をする男女。

相変わらず、日本は平和そのものだ。

「……こっちはこんなにも平和なのに、あっちは今は戦争中、か」

自分があちらの世界に行っていなかったら、今頃バレッタやリーゼたちはどうなっていたんだろう、と考えながら、一良《かずら》は車を走らせるのだった。

その後、一良《かずら》はガソリンスタンドで灯油とガソリンを少々購入し、ショッピングモールへとやって来た。

目的は、衣料品店だ。

――バレッタさんたち、喜んでくれるかな。

彼女たちの喜ぶ姿を妄想しながら、一軒の衣料品店へと入る。

国内海外ともに幅広く出店している大規模ブランドで、老若男女問わず人気のある店だ。

以前、皆で雑誌を見ていた折に、彼女たちは観光地や宿泊施設のほかに、日本の衣服にも興味を示していた。

そこで、サプライズとして彼女たちに似合いそうな衣服を買って行ってあげようと思いつついたわけだ。

――ここ最近、ずっと血生臭い出来事ばっかりだったからな……少しでも気晴らしになればいいんだけど。

そんなことを考えながら駐車場に車を停め、店へと向かった。

今日は平日ということで、客の数はかなり少ないようだ。

店内を適当に歩き回り、どんな服が彼女たちには似合うだろうかと考える。

男ならともかく、女性服を選ぶというのはかなり難しく感じた。

「……とりあえず何着か買って行って、後はカタログを見てもらいながら選んでもらったほうがいいか。俺、センスないし」

そう頷き、一良《かずら》は近場にいた店員に声をかけるのだった。


その日の夜。

バレッタの家の居間には、中華オードブル、寿司、焼き鳥盛り合わせ、ピザなど、一良《かずら》がデパ地下で目に付いたものを片っ端から大量購入してきた数々の料理が並んでいた。

行儀よく座っているオルマシオールが、目をキラキラさせて涎を垂らしている。

彼の両隣に座るアイザックとハベルが、かいがいしく彼の涎をタオルで拭いていた。

その傍では、黒ウリボウ姿のティタニアがにこにこしている。

「す、すごい量ですね……」

「この前の3倍以上あるよね、これ……」

敷き詰められた料理の数々に、バレッタとリーゼが苦笑する。

部屋の隅には発泡スチロールの箱が置かれてあり、中にはケーキやプリンといったデザートがたくさん入っている。

オルマシオールたちは体がとても大きいので、たくさんあるに越したことはないと一良《かずら》がこれでもかというくらい買ってきたのだ。

今夜はロズルー一家もおり、ミュラがオルマシオールたちの通訳となっていた。

他の家々にも料理は運ばれており、今まで見たことのない料理の数々に皆が驚いていた。

「本当、すごいわね。アイザック、ハベル、明日からも相手をしてもらうから、しっかり食べて元気を付けておきなさいね」

「はい……いてて」

「あと何日、体が持つやら……はあ」

アイザックとハベルがげんなりした顔になる。

今日も2人はジルコニアの訓練の相手をしており、体中が痣だらけだ。

鎧を着たうえで木剣を使って訓練をしているのだが、2人は体中のあちこちをしばかれて傷だらけだった。

「２人とも、訓練をサボってたんじゃないの？　ちょっと動きが鈍すぎるわよ」

「毎日きちんと訓練してますよ。ジルコニア様がおかしいんですよ」

「まさか、２人がかりでも歯が立たないとは……」

アイザックとハベルがため息をつく。

「えっ、２人を同時に相手したんですか？」

一良《かずら》が聞くと、ジルコニアは「はい」と苦笑した。

「１対１じゃ話にならなかったので。でも、これならシルベストリアも連れてくるべきでしたね」

「ジルコニア様の動きが速すぎるんですよ。何をどうやったら、あんな動きができるんですか」

「同じ人間とは思えません……」

「だから、相手の雰囲気感じて動きを先読みして動きなさいって言ったじゃないの。私が速いんじゃなくて、ただ単にあなたたちの行動を読んで先に動いてるだけなんだから」

「そう言われましても……」

「いや、明らかに動き自体が速すぎですって」

アイザックとハベルが困り顔で言う。

ハベルはともかく、身体能力的には筋骨隆々としたアイザックのほうが上に見えるのだが、それでも歯が立たないようだ。

「あの、カズラ様。オルマシオール様が『辛抱堪らん』って言ってます」

ミュラに言われて一良《かずら》がオルマシオールを見ると、彼は目をギラギラさせながら体をもじもじと動かしていた。

「おっと、おあずけ状態になっちゃってましたね。食べましょうか」

皆で「いただきます」と料理に手を付ける。

「んー！　やっぱり日本の食べ物って美味しいね！」

リーゼが照り焼きチキンのピザを頬張って、頬を緩める。

数ある料理のなかでも、ピザが一番のお気に入りのようだ。

「エイラ、この味ちゃんと覚えててね？」

「はい。ただ、この味のソースを作るのが難しくて……」

前回日本の料理を食べた後、ナルソン邸に戻ってからエイラはマリーとともに何度かピザを焼いたことがあった。

しかし、調味料は一良《かずら》が持ち込んだものが複数あったので問題なく作れると思ったのだが、完全に同じ味を作ることはできずにいたのだ。

「お料理の本に照り焼きソースの作りかたも載っていたのですが、まったく同じ味をどうしても再現できなくて……」

「何か隠し味みたいなのが入ってるんじゃない？」

「かもしれませんね。もっと研究しないと」

「ピザもそうだけど、ここに並んでる料理と同じ物がイステリアでも作れればいいのに。お野菜とか果物なら、こっちでも作れたりしないのかな？」

リーゼが一良《かずら》に言う。

「完全隔離《かくり》した小屋とかなら、作れると思うぞ。問題なのは、雑草に土の中の栄養を全部持っていかれちゃうことだからさ」

「そっか。なら、今度イステリアでも作ってみない？　屋上に菜園を作るのはどうかな？」

「ああ、それはいいかもな。明日、種も調達してくるか」

「カズラ様、それでしたら、ハーブの種もお願いできないでしょうか？」

エイラの申し出に、それなら、とバレッタが口を挟む。

「ハーブでしたら村の空き家で栽培していますから、いくらか株分けして持っていきましょう」

「えっ、そうなのですか？」

「はい。精油を作るために、村の人たちにお願いして育ててもらっていたんです」

バレッタの話に、皆が「なるほど」と頷く。

本当は、一良《かずら》が村での生活に戻った時に、一良《かずら》が食べられるものを村でも生産できればと思っての試験的な取り組みだ。

いずれ、米や麦などの穀物やジャガイモなどの野菜もたくさん作って、一良《かずら》が安心して村に定住できるようになれば、とバレッタは考えていた。

もしも何かの要因で日本へ通じる扉が使えなくなってしまったら、とバレッタはずっと危惧していた。

そんなことになれば、一良《かずら》は栄養失調で餓死してしまう。

それに、頻繁に食料を日本へ取りに戻って、ある日ぱたっと一良《かずら》が帰ってこなくなってしまったら、とバレッタは不安に思っていたのだ。

「せ、精油までご自分で作れるのですか……」

「ふふ、さすがバレッタね。カズラさん、そっちにあるエビチリを取ってもらえます？」

はいはい、と一良《かずら》がジルコニアにエビチリを小皿に取り分けて渡す。

そうしていると、一心不乱に料理を貪っていたオルマシオールが「ゲフゲフ！」とむせ返った。

「うわ⁉　オルマシオールさん、大丈夫ですか⁉」

「あっ、お水ですね！　取ってきます！」

ミュラがオルマシオールの声を聞き取り、外へと出て行く。

ティタニアが上品にゆっくりと料理を食べながら、くすくすと笑っていた。

「あと、皆に俺からプレゼントがあるんです」

一良《かずら》が立ち上がり、隅に置かれていた大きな段ボール箱へと向かう。

「プレゼント？」

もぐもぐとピザを食べながら、リーゼが聞く。

「うん。皆に喜んでもらえればって思ってさ」

一良《かずら》がそう言いながら、ダンボール箱を開けて紙袋をいくつか取り出す。

「はい。これはリーゼの」

「ん、ありがと。中身は……えっ!? これ、お洋服!?」

中身を見たリーゼが、驚きと喜びの混じった声を上げた。

「うん。俺が選んだものを、とりあえず1セット買ってきたんだ。もしかしたら気に入らないかもだけど」

「気に入らないなんて、そんなことないよ！ ありがとう！」

リーゼが弾けるような笑顔で微笑む。

「中にカタログも入ってるから、好きなのを選んでくれ。何着でも買ってきてやるから。はい、これはバレッタさんの」

「あ、ありがとうございます！」

「はい、ロズルーさんとターナさんも」

「そんな、我々の分まで……ありがとうございます」

「いつも頂いてばかりで……すみません」

ロズルーとターナが恐縮《きょうしゅく》した様子で言う。

「いやいや、俺こそいつも世話になってますから。はい、これはジルコニアさんの。エイラさんのはこれです」

「ありがとうございます。ふふ、どんな服を選んでくれたのか楽しみだわ」

「カズラ様……ありがとうございます！」

そうして、アイザックとハベルにも一良《かずら》が紙袋を渡していると、水桶を手にしたミュラが戻ってきた。

「オルマシオール様、お水です！」

「ミュラちゃん、プレゼントがあるんだ。こっちにおいで」

「えっ？」

「ミュラ、カズラ様が服をくださったんだ。お礼を言いなさい」

「あ、ありがとうございます！」

そんなこんなで、わいわいと楽しい時間が過ぎて行ったのだった。


小一時間後。

食事を終えた一良《かずら》は、のんびりと風呂に浸かっていた。

今日は一良《かずら》からどうぞ、と女性陣に言われたので、こうして一番風呂を貰っているのだ。

「カズラさん、湯加減はどうですか？」

外で薪係をしているバレッタが、窓越しに一良《かずら》に声をかける。

「んー、少しだけ温いかな」

「分かりました。薪をくべますね」

「それにしても、あんだけ持ってきた料理が全部なくなるとは思いませんでしたね」

「ふふ、そうですね。オルマシオール様、今食べなきゃ死んじゃうみたいな感じでした」

その時の様子を思い出し、バレッタがくすくすと笑う。

オルマシオールは料理がよほど気に入ったのか、まさに一心不乱といった様子で料理を貪っていた。

もともと体がとてつもなく大きいというのもあってか、料理のほとんどは彼の胃に収まったと言っても過言ではないほどの食べっぷりだった。

それに比べて、ティタニアは2人前程度の量しか食べていなかったのだが。

今は、オルマシオールは居間で丸くなってぐうぐうといびきをかいて寝入っている。

「――それにしても、やっぱりこの村に帰って来るとすごく安心しますね」

雑談が一区切りついたところで、一良《かずら》が言った。

「村で野菜とか果物がたくさん作れたら、日本に戻らなくても済むようになるかな……」

「カズラさんは、日本にはあまり戻りたくないんですか？」

「そういうわけじゃないんですけど、こっちってすごく時間がのんびり流れてる感じがして居心地がいいんですよ。憧れの田舎暮らしって感じで」

「そうですか……それを聞いたら、きっと村の皆は喜ぶと思いますよ。カズラさんがずっといてくれるなんて、この村の人にとっては夢のような話ですから」

バレッタの言葉に、一良《かずら》が笑う。

「はは。俺、守り神みたいな扱いになっちゃってますもんね」

「はい。でも、それだけじゃないですよ」

「というと？」

「カズラさんは、もう立派な村の一員ですから。誰にとっても、かけがえのない人です」

「嬉しいこと言ってくれますねぇ」

「ふふ、本当のことですから」

一良《かずら》は湯に浸かりながら、この村で一生生活できるのかな、とふと考えた。

今は自分は健康体だし、食べ物さえあれば十分生活していけるだろう。

しかし、年老いれば病気にもなるだろうし、それが大病となれば日本の医療が必要だ。

バレッタたち村人にとってもそれは同じで、この先ずっと彼女たちが健康でいてくれるとは限らない。

　自分は日本の医療を享受できるが、彼女たちはそれができないのだ。

　何とかして、自分以外も日本へ行くことができないものか。

「……バレッタさんは、日本で暮らしてみたいって思います？」

「はい。私にとっての憧れの地ですから。本屋さんもたくさんありますし、インターネットで世界中の情報が得られるなんて、夢みたいです」

「相変わらず、知的欲求がすごいですね……」

「あっ、でも、それだけじゃないですよ？　旅行雑誌に載っていた観光地とか、都会にある何百メートルもの高さのビルだとか、いろいろ見てみたいです」

「いいですねぇ。海外はパスポートの関係でちょっと難しいですけど、国内だったら飛行機とか電車に乗って旅行に行けますし。楽しいだろうなぁ」

「ですね。いつか、行ってみたいです。でも……」

「ん？」

　バレッタが少し口ごもる。

「私は、カズラさんさえいてくれれば――」

「バレッタ」

「ひゃあっ⁉」

突然声をかけられ、バレッタが肩を跳ね上げる。

声のした方向を見てみると、リーゼが歩いて来ていた。

一良《かずら》から貰った、ベージュ色のシャツ、黒色のスラックス、黒色のサンダルという服装だ。

一良《かずら》が買ってきたものはマネキン買いしたものなので、バランスはとてもいい。

「あ、リーゼ様。着替えたんですね」

「えへへ、明日まで我慢できなくって。似合ってるかな？」

「はい、すごく可愛いと思いますよ」

「ありがと！　2人は何の話をしてたの？」

「え、えっと……日本の話を少し。いろんな観光地があるなって」

「あー、雑誌に載ってたやつ？　綺麗な景色のとこもあるし、遊園地とか水族館も楽しそうだし、行ってみたいよね。温泉旅館とか、リゾートホテルとかにも泊まってみたい」

「何とかして、リーゼたちも日本に行ければいいんだけどな」

風呂小屋の中から響く一良《かずら》の声に、リーゼが「ねー」と同意する。

「カズラのお父様とお母様、日本に行ける方法知らないかな？　今度聞いてみてよ」

「ああ、そういえば聞いたことなかったな」

「うん。何とかして聞き出してきてよ！」

「でも、もしあったとしても教えてくれるかなぁ。あんまり期待すんなよ」

「そこはほら、カズラの話術で何とかさ。可愛い一人息子の頼みなら、方法があれば教えてくれるんじゃない？　超美人の彼女を紹介したい、とか言ってさ」

「どんな頼みかた……あ」

「ん？　どうかした？」

リーゼが風呂の窓を見上げて、小首を傾げる。

「い、いや……」

一良《かずら》は湯に浸かりながら、昨日母と電話で話した内容を思い返していた。

蛇足だと思ってバレッタたちには話さなかったが、あの時、母は言ったのだ。

「結婚することになったら、ちゃんと紹介してよね」と。

「何？　どうしたの？」

「……カズラさん、そろそろ上がりませんか？　けっこう長湯になっちゃってますし」

バレッタの声に、一良《かずら》がはっとする。

「そ、そうですね！　何だか、ぼうっとしてきちゃって。はは」

「あ、のぼせちゃったんだ。体拭《ふ》いてあげるね！　バレッタ、行こ！」

「えっ⁉　あっ、カズラさん、今そっちに行きますから！」

ばたばたと２人が走る音に続き、小屋の戸が開く音が響く。

一良《かずら》は自分の心臓がバクバクと鳴る音を聞きながら、慌てて湯を出て腰にタオルを巻くのだった。


その頃、砦の兵舎の一室では、コルツとシルベストリアが2人並んでベッドに腰掛けていた。

コルツが今までの出来事を、一つ一つシルベストリアに話す。

シルベストリアは時折相槌《あいづち》を打ちながら、彼の話を聞いていた。

「……そっか」

シルベストリアがコルツの頭を撫でる。

コルツはびくっと体を震わせ、おずおずとシルベストリアを見上げた。

シルベストリアは瞳を潤《うる》ませながらも、優しく微笑んでいた。

「大変だったね。よく頑張ったね」

「シア姉ちゃん……」

「ありがとう、話してくれて」

「う、うん……」

コルツが答えた時、シルベストリアの瞳から涙が溢れた。

途端に、彼女はくしゃっと顔を歪め、嗚咽をこぼす。

「ごめん、ごめんね……私が、気づかないといけなかったのにっ」

「えっ⁉ シ、シア姉ちゃんのせいじゃないよ！」

慌てるコルツを、シルベストリアが抱き締める。

「私っ、全然気づかなかったっ……ウッドが、あいつが、そんな奴だったなんてっ」

シルベストリアが肩を震わせ、コルツをきつく抱き締めながら嗚咽する。

シルベストリアとウッドベルは、それこそ傍から見れば恋人に見えるほどに仲が良かった。

シルベストリアはウッドベルのことを信用しきっており、一緒に食事をしに行ったことも一度や二度ではない。

そんな心底信頼していた彼が、まさかこのような凶行をしでかすとは。

シルベストリアは自分が心底情けなく、そのせいでコルツをこのような目に遭わせてしまったと、後悔に打ちのめされていた。

「シア姉ちゃん……」

「ごめんね……痛かったよね。つらかったよね……」

コルツがシルベストリアの背に腕を回し、抱き締める。

シルベストリアはひたすら、ごめんね、と震える声で繰り返していた。

「大丈夫だよ。シア姉ちゃんは悪くないよ」

「そんなことないっ！　私が――」

「あんなの、誰も気づけないよ。俺だって、ウッドさんが変だって気づいたのは、たまたまだもん。シア姉ちゃんは、何も悪くないよ」

コルツが顔を動かし、シルベストリアを見上げる。

涙でぐしょぐしょになった彼女と、目が合った。

コルツがにこりと微笑む。

「だから、そんなふうに泣かないで。俺、笑ってるシア姉ちゃんが好きだよ。泣き顔なんて、似合わないよ」

「コルツ君……」

シルベストリアが泣き笑いのような顔になる。

そうして、再びぎゅっとコルツを抱き締めた。

しばらくそうした後、シルベストリアはコルツを離した。

「……ごめんね。私がなぐさめられちゃってるや」

シルベストリアが手の甲で涙を拭う。

「ううん。シア姉ちゃんだって、すごくつらいの、分かるもん」

コルツがポケットからハンカチを取り出し、シルベストリアの涙を拭う。

「それなのに、俺のこと心配してくれて、気遣ってくれてありがとう。俺、シア姉ちゃん大好きだよ」

コルツがシルベストリアを真っすぐ見つめ、にこっと笑う。

「……う」

シルベストリアは小さく呻き、頬を赤らめた。

コルツが小首を傾げる。

「シア姉ちゃん？」

「……コルツ君、キミ、女たらしの素質があるよ」

「女たらし？　何それ？」

「うう、まだこんな小さいのに、末恐ろしい。不覚にも、ときめいてしまった……」

「ねえ、女たらしって何？」

「後で、お父さんとお母さんに聞いてみなさい」

シルベストリアがコルツの頭をわしわしと撫でる。

コルツは納得いかない様子で、首を傾げていた。

第5章　挟撃

ラースとの約束の期日の前日。

一良《かずら》たちは村の広場で、バイクに荷物を積んでいた。

主だった物資は数日前に荷馬車で砦に搬送しており、予定では今日中に到着する見込みだ。

「よっこらしょっと。それにしても、ずいぶんとたくさん作れましたね」

爆弾が詰まった木箱をサイドカーに載せながら、一良《かずら》がバレッタに言う。

「はい。これだけあれば、しばらくは持つと思います」

「ですね。これなら、この間みたいに敵が大部隊で攻めて来ても大丈夫そうです。灯油とガソリンもたっぷり用意しましたし」

あれから、一良《かずら》は毎日日本に戻っては、遠方まで足を運んで灯油とガソリンを少しずつ購入していた。

同じ地域で買い続けて目を付けられてもまずいので、いくつか街をまたいでは購入を繰り返したのだ。

「それにしても、バレッタさん、その服似合ってますねぇ」

「えへへ。ありがとうございます」

バレッタが照れた様子で微笑む。

バレッタはジーパンに白のTシャツ、デニムジャケットという服装で、一良《かずら》が日本で買ってきたスニーカーを履いている。

バイクを運転するのに似合う服が欲しい、という要望に応えて、一良《かずら》が購入したものだ。

あれから、カタログを見ながらそれぞれが好みの服を選び、一良《かずら》はそれをネット通販で購入した。

一良《かずら》はいつもと同じ、こちらの世界の貴族服だ。

「ねえねえ、私も似合ってる？」

2人の後ろで荷物を積んでいたリーゼが、一良《かずら》に声をかける。

リーゼも、バレッタと似たような服装だ。

「似合ってる似合ってる。かっこいいぞ」

「えへへ。ありがと。この服も靴も、すごく動きやすくていいよね。気にいっちゃった」

「それはよかった。でも、その服装だと、街なかじゃかなり目立ちそうだな」

当然ながら、彼女たちの着ている服はこちらの世界のものとはだいぶ違う。

普段着として使うには、少し勇気がいるだろう。

「でもほら、もしかしたら流行るかもしれないよ？　戦いが終わったら、仕立て屋さんに貰った服を持ち込んでみようかな」

「それはいいかもしれないですね。新しい流行を作れるかもしれないです。イステール家のブランドを立ち上げたりしても面白そうですね」

バレッタが言うと、リーゼがぱっと笑顔になった。

「じゃあさ、バレッタも一緒にデザイン考えてよ！　私たちで、流行を作っちゃお！」

「ふふ。はい。今から楽しみですね」

「ほら、そろそろ行きましょう。遅くなっちゃうわ」

黒のぴっちりとしたライダースーツ姿のジルコニアが、バイクに跨って一良《かずら》たちに言う。

ジルコニアは機能重視のものがいい、とのことだったので、これを用意したのだ。

黒い革の手袋をつけ、ベルトに括り付けた長剣を背中に背負っており、そのスタイルの良さも相まってかなりキマッていた。

エイラは白のTシャツ、ジーパン、スニーカーという服装で、ジャケットは羽織っていない。

アイザックとハベルは「職務中なので」とのことで、いつものように鎧姿だ。

他の村人たちは、それぞれ一良《かずら》からもらった普段着を着ている。

「そうですね。行きましょうか」

村に残る者たちに別れを告げ、皆でバイクを走らせる。

手を振る村人たちや守備隊の兵士たちに見送られて、一行は砦へと向けて出発した。

その後、食事休憩もそこそこに一行は走り続け、夕方頃になって砦へと到着した。

オルマシオールを伴い、けたたましいバイクの騒音を響かせて入場する一良《かずら》たちを、城門付近や防壁の上で待ち構えていた大勢の兵士たちが歓声を上げて出迎える。

ナルソンの方針で、もうバイクなどの道具は隠さないことになっていた。

すべては、士気高揚のためだ。

周知されていないのは、一良《かずら》がグレイシオールであるということだけである。

「ジル、何やら妙な恰好をしているようだが……」

出迎えたナルソンが、ライダースーツ姿のジルに怪訝な顔になる。

「これ？　バイク用の正装なんですって。カズラさんから貰ったの。ナルソンにも、お土産の服が何着かあるわよ」

「そ、そうか。カズラ殿、ありがとうございます」

ナルソンが一良《かずら》にぺこりと頭を下げる。

「いえいえ。少しでも気晴らしになればと思って」

「そこまで気を使っていただけるとは……いつも本当に、ありがとうございます」

「ナルソン、ニーベルはもう砦に着いてるかしら？」

「うむ。以前、お前が囚われていた倉庫の隣に小屋を建てて、そこに収監しているぞ」

ナルソンが答えると、ジルコニアはにこりと微笑んだ。

「そう。尋問はしたの？」

「私は特に何もしていない。お前の好きにしろ」

「ありがと。じゃあ、早速行ってこようかしら。そこのあなたとあなた。小屋まで案内して」

ナルソンの傍にいた2人の近衛兵に、ジルコニアが声をかける。

「今からか？　明日のこともあるし、今日はゆっくり休んで後日にしたほうがいいんじゃないか？」

「ううん。大丈夫。別に疲れてないし、あいつの顔も見ておきたいから」

「……ジル、一応言ってはおくが」

ナルソンがジルコニアに近づき、耳元で囁く。

「くれぐれも、すべての情報を聞き出すまで殺すんじゃないぞ。あと、拷問するにしても、後日にしておけ。万が一にもリーゼに見られるわけにはいかん」

「分かってる。今回は顔を見るだけよ。後で、リーゼを辱めたことを、殺してくれって言いたくなるくらい後悔してもらうけど」

ジルコニアが小声で返す。

傍にいる一良《かずら》が小首を傾げるのを見て、彼女はにこりと微笑んだ。

「カズラさんたちは、先に休んでいてください。私も少ししたら行きますから」

「はい。ジルコニアさん、ニーベルさんのところに行くんですか？」

「ええ。反乱に与した者たちについて、聞き出そうかと」

「もしよかったら、地獄の動画使います？　お手伝いしますよ？」

「ん―……」

そう言われ、ジルコニアがグリセア村で一良《かずら》に見せてもらった地獄の動画を思い浮かべる。

新しく一良《かずら》が持ってきた地獄の動画は、犯した罪の重さに応じて段階的に分けられたものだった。

一良《かずら》が言うには、モルスのようにニーベルと最初から組んで謀反を起こしたような者たちに、少しでも希望を与えるのに使うということらしい。

善行を積んだ者が、「今の時点で自分はどのあたりの地獄に送られる予定なのか」、と聞かれた際に、「このあたりですね」と教えてあげるのだという。

その話を聞いた時は、「上手いこと考えるものだな」、とジルコニアは感心してしまった。

徐々に死後の世界が良いものに変わっていくのが見てわかれば、贖罪するにしてもやる気が出るだろう。

「いえ、いいです。前にも言ったように、自暴自棄になられても困りますから」

「そうですか。その……無理はしないでくださいね？　俺、ジルコニアさんが心配で……」

「ふふ、ありがとうございます。カズラさんにそう言ってもらえるだけで、元気百倍ですよ」

ジルコニアはそう言って微笑むと、近衛を連れて去って行った。

「ナルソンさん、モルスさんたちはどうしてます？」

「彼らですか。寝る間も惜しんで、負傷者の治療の手伝いや陣地の補修を行っています。皆にいる誰よりもやる気ですな」

「はは、それはよかった。笑うところじゃないかもですけど」

「まあ、あんなものを見せられた後では、頑張らないわけにはいかないでしょうな。それと、彼らは私財もすべて戦死した兵士の遺族への補償金に使ってほしいと言っています。もとより、全財産没収することにはなっていましたが」

「そうですか。まあ、ありがたく頂戴しましょうかね」

「しかし、裏切りを働いた者たちがもっとも有用な労働力になるとは。モルスは部隊指揮能力もありますし、戦いでも役立ってくれるでしょう」

「真っ当に生きてきた人たちより、真面目になっちゃいましたからねぇ」

「カズラ、いつまで話し込んでるのよ。私、疲れたしお腹減っちゃった」

　リーゼが横から口を挟む。

　バイクに積んできた荷物は兵士たちによって運び出されて行っているのだが、運転してきたリーゼたちは棒立ちで一良《かずら》を待っていた。

「あ、ごめんごめん。宿舎に戻ろうか」

　そうして、一良《かずら》たちはその場をナルソンに任せ、宿舎へと戻るのだった。

「……ふう」

ニーベルが収監されている小屋の前にやって来たジルコニアは、扉の前で深呼吸した。

今すぐにでもニーベルをくびり殺してやりたくなる気持ちを抑え、いつの間にか固く握り締めていた拳を緩める。

「あなたたち、私が手を出しそうになったら止めてね。何なら、頭をひっぱたいてくれてもいいから」

「は、はっ！」

「承知しました！」

近衛兵たちの返事を背に受けながら、扉を開く。

中では、両手首に木製の手枷を付けられたニーベルが椅子に座ってうなだれていた。

部屋にはイスとテーブル、ベッドが置かれているだけだ。

先ほどまで食事中だったのか、テーブルには何も載っていない皿が2つと、飲みかけの水が入ったコップが置かれていた。

ニーベルは顔を上げてジルコニアを見ると、不貞腐れた様子で「ふん」と鼻を鳴らした。

「こんにちは。ひさしぶりね」

彼の対面に置かれていたイスに、ジルコニアが腰かける。

「ずいぶんと妙な格好をしているな?」

「ああ、これ? 最近仕立ててもらったの。まあ、気にしないで」

「ふん……それで、何の用だ? 私を殺す日取りが決まったのか?」

太々《ふてぶて》しい態度で、ニーベルが言う。

「いいえ。まだあなたをどうするのかは、決まってないの」

「ふん。どうせ、ダイアスのように市民の前で公開処刑するのだろうが」

ニーベルが小馬鹿にした態度で鼻を鳴らす。

「そのことなんだけど、誰が反乱に加わっていたか正直にすべて話すなら、処刑じゃなくて幽閉ってかたちでもいいって話が出てるのよ」

「見えすいた嘘を。王家に反逆を企てて処刑にならないなど、あるわけがないだろうが」

「あら。みすみす、生きながらえるチャンスをふいにするというのかしら?」

「……ふむ」

ニーベルがジルコニアを見据え、黙り込む。

「嘘じゃないだろうな?」

「信じるも信じないも、あなた次第だけどね」

「私に選択肢はない、ということか」

「ええ。ダイアス様のように、惨たらしく死にたくないでしょう?」

ジルコニアが言うと、ニーベルは「よし」と頷いた。

「よかろう。ただし、２つ条件がある」

「なあに？　言ってみて」

「食事の改善だ。もっとマシなものを食わせてくれ。こんな家畜に食わせるようなもの、二度と口にしたくないわ」

ニーベルは、ジルコニアが先ほどの話を持ちかけた時点で、自分はすぐには殺されないと確信していた。

もとより、彼女からその話が出なかったとしても、同様の話を持ちかけるつもりだったのだ。

いずれアルカディアは、バルベールの物量に押し切られて必ず敗北する。

その際、バルベールと繋がっていた（正確にはダイアスがだが）自分が、バルベールの連中に各領主や王家の存続の便宜を図ってもらえるよう交渉しよう、と提案するつもりだ。

交渉の席にさえ着いてしまえば、後は持前の話術でバルベールの連中を丸め込めるという自信がニーベルにはあった。

自分の優位な点は、自分がどこまでバルベールと通じていたかをジルコニアたちが知らないということにある。

必ず生き延びてモルスたちを八つ裂きにしてやると、ニーベルは憎悪に燃えていた。

「分かった。次の食事から、もっといいものに変えさせるわ。もう1つの条件は？」

「反乱に与した者の名を言うのは、この戦争が終わった後だ。お前たちがバルベールに打ち勝って情勢が落ち着いた後にしてもらいたい」

ニーベルの提案に、ジルコニアが顔をしかめる。

「それは無理ね。裏切り者を抱えたまま、戦争を続けろというの？」

「いやいや、別に問題はないだろう？　どのみち、この状況でグレゴルン領内部で再度反乱など、土台無理な話だ」

ニーベルがどっしりと構え、落ち着いた様子で話す。

「グレゴルン領には王都軍が詰めていて、指揮をしているのも彼らなのだろう？　そんな状況で反乱を起こす者など、ただの自殺志願者だぞ」

「戦いの最中に悪さをするかもしれないじゃない。敵軍に逃げ込んで情報を漏らされたり、水や食事に毒を盛ったり、やりようはいくらでもあるわ」

ジルコニアの意見に、今度はニーベルが顔をしかめる。

馬鹿かこいつは、と顔に書いてあった。

「あのな、バルベール軍と唯一通じていた私が不在なのに、そんな真似ができるわけがないだろう。バルベール軍に逃げ込んだとしても、事前連絡もなしに連中が信用すると思うか？　捕縛されるか殺されるのがオチだろうが。毒を盛って自軍を敗北に導いたとしても、私以外の誰が裏切り者かなどバルベールの連中は知らないのだぞ？」

「……そうね」

ニーベルがやれやれとため息をつく。

「どのみち戦いの最中に裏切り者をつるし上げたとしても、いたずらに味方の士気を下げるだけだぞ。戦いが終わってからでも、裏切り者探しは遅くはないだろう?」

「……」

「いや、納得できない気持ちは分かる。だがな、私とて簡単にすべてを吐いて、これで用済みと殺されては敵わんのだよ」

「だから、話せば殺さないって言ってるでしょう?」

「口で言うのは容易いが、保証など何もないではないか。私は今、反乱に与した者を全員知っているという情報だけが命綱なのだ。それがわずかな日数だとしても、できるだけ長く生きていたいのだよ」

「……そう」

ジルコニアが顔をしかめたまま答える。

ニーベルは、「だが」と再び口を開いた。

「ここまで譲歩してもらった手前、何も話さないというのもな。何かいい情報は……」

ニーベルが「ううむ」と、考えるそぶりをする。

ジルコニアは黙ってそれを見つめる。

「……以前、イステール家がアロンド・ルーソン捜索の依頼を出したことがあっただろう」

「あったわね」

「あいつは、ダイアスの手引きで、船でバルベールに逃亡したぞ」

ジルコニアが目を見開く。

「それは確かなの？」

「確かだ。直接ダイアスから聞いたからな。信じてもらえないかもしれないが、ダイアスは何年も前からバルベールと本当に通じていてな。アロンドはそれに乗っかったというわけだ」

ニーベルの言っていることは、半分は本当で半分は嘘である。

アロンドがバルベールに渡るのを手引きしたのは金を掴まされた漁師であり、ダイアスは一切関わっていない。

ニーベルは、その噂を配下の者から聞いたことがあるだけだ。

「どうだ、お役に立てたかな？」

ニーベルが人の好さそうな笑みを浮かべる。

「ええ。今日のところは、これでよしとしましょう」

ジルコニアが立ち上がる。

「ところで、リーゼ嬢は元気に――」

ニーベルがそこまで言った時、ジルコニアが拳でテーブルを思いきり殴りつけた。

ごく一般的な木製のテーブルは、その一撃で中央から破砕され、くの字に折れて無残な残骸と化した。

ニーベルとジルコニアの背後にいた近衛兵の2人が、「ひっ！」と引き攣った声を上げる。

「次にその名を言ったら、目玉を2つともえぐり出してやるぞ！」

いきなり憤怒の表情になったジルコニアに、ニーベルが震え上がってこくこくと頷く。

「……あなたたち、片付けておきなさい」

「は、はっ！」

ジルコニアは近衛兵たちに指示すると、扉へと向かった。

ばん、と扉を開き、外に出て乱暴に閉める。

数回深呼吸をして、何とか頭を落ち着かせた。

先ほどの自分の行動を振り返り、やれやれとため息をつく。

何か言われても我慢してみるつもりだったのだが、リーゼの名前を聞いた瞬間に我を忘れてしまった。

やはり自分は、交渉事にはまるで向いていないようだ。

——交渉って、ああやってやるのね。嘘と真実を混ぜて話す、か……勉強になったわ。

ダイアスがもしアロンドのことを知っていたら、以前地獄の動画を見た折に話していただろう。

それがなかったということは、ダイアスの手引きという話は嘘ということになる。

しかし、アロンドがグレゴルン領から船でバルベールに渡ったという情報は、ジルコニアはハベルから聞いたことがあったので本当だろう。

ジルコニアが振り返り、扉を見る。

「今はまだ、せいぜい安心しておきなさい。後でじっくり、代償を払わせてあげるから」

そうつぶやき、ジルコニアは宿舎へと戻るのだった。


「カズラ様！」

一良《かずら》たちが宿舎へと歩いていると、ウリボウの背に乗ったコルツが駆け寄って来た。

彼の後ろからは、同じくウリボウに乗ったルグロの子供たちが駆け寄って来る。

それを追いかけて、数十頭のウリボウたち、コルツの両親のコーネルとユマ、ルグロとルティーナも駆けて来る。

「コルツ！」

一良《かずら》の後ろを歩いていたミュラが、コルツへと駆け出した。

コルツを乗せたウリボウが、ミュラの前で足を止める。

「あれ？　ミュラじゃんか！」

コルツがウリボウの背から飛び降り、ミュラににかっと笑みを向けた。

「ひさしぶりだなぁ！　家族皆で来たんだ？」

「うん！　コルツ、オルマシオール様との約束って……」

ミュラはそこまで言って、コルツの左腕がないことに気が付いて言葉を止めた。

「え……コルツ、う、腕が……」

「ああ、これ？」

コルツがなくなった左腕に目を向け、気恥ずかしそうに鼻の頭を掻く。

鼻の怪我は完全に治っており、痕すら残らず綺麗になっていた。

一良《かずら》が置いて行った漢方薬を、毎日塗っていたおかげだ。

「ちょっと、なくなっちゃってさ。まあ、大丈夫だよ」

「な、なくなっちゃったって……」

ミュラが愕然とした顔で言う。

そして、明るかった表情がみるみるうちに崩れ、ぼろぼろと涙を流し始めた。

「私のせいだ……私のっ……！」

「えっ⁉　お、おい、何で泣くんだよ⁉」

わんわんと泣くミュラに、コルツがおろおろして慌てる。

険しい表情でそれを見ていたロズルーとターナが、コーネルとユマに歩み寄った。

「コーネルさん、コルツ君の腕は……」

ロズルーがコーネルに話しかける。

「ああ。バルベールの間者と斬り合ったようでな……その時に、腕をやられてしまったらしい」

「そんなことが……」

「な、なんと……」

ロズルーとターナが絶句する。

コーネルは、大泣きしているミュラの前であわあわしているコルツに目を向けた。

「しかし、我が息子ながら、あいつは大したものだよ。国の未来を救ったんだからな」

「国を？　どういうことだ？」

「ん？　カズラ様から聞いていないのか？」

「あ、ああ。コルツ君があんなことになっているのも、今知ったところだよ」

「そうか。じゃあ、茶でも飲みながら詳しく話すよ。ユマ、行こう」

「ええ」

コーネルがユマをうながし、ロズルー夫妻を伴って宿舎へと歩いて行く。

それに気づいたコルツが、慌てた顔になった。

「ちょ、ちょっと！　ロズルーさん！　ターナさん！」

「コルツ。お前も男なら、泣かせた女の責任は取りなさい」

「ええ……」

コーネルに言われ、コルツが心底困った顔になる。

苦笑してそれを見ていた一良《かずら》に、息を切らせたルグロが歩み寄って来た。

ズボンにシャツ1枚という姿で、とても次期国王には見えない。

「はあ、はあ……ああ、疲れた。カズラ、おかえり」

「ただいま。ルグロたちも、あれから変わりない？」

「ああ。ここ3日、毎日朝から晩までルティと一緒に子供らと遊びまくってた。下手な武術訓練よりしんどかったぞ」

ルグロがぼたぼたと顎から滴る汗を手で拭う。

その後ろでは、ルティーナが地面に座り込んでへばっていた。

気を利かせたバレッタが差し出した水筒を受け取り、疲れた顔で礼を言っている。

「そういや、あれから負傷兵たちがほとんど回復してさ。かなりの数が部隊に復帰したみたいなんだ。カズラの用意した薬、本当にすげえな」

「あ、そうだったんだ。傷が悪化しちゃったような人はいない？」

「1人もいないぞ。まあ、腕とか足をなくしちまったり、筋を切っちまったような連中は、さすがに治らないみたいだけどな。カズラの力で、何とかしてやれねえかな？」

「うーん……俺、そういうのは担当外だから、ちょっと難しいんだよね」

一良《かずら》が申し訳なさそうに言う。

「あ、気ぃ悪くしないでくれよな？　こんだけしてもらってる時点で、感謝してもしきれないくらいなんだからさ」

「ありがと。そう言ってもらえると、救われるよ」

「いや、救われてるのは俺らのほう――」

「私、コルツのお嫁さんになる！」

ルグロが言いかけた時、ミュラの大声が響いてきた。

あちこちで雑談をしていた者たちが、一斉にコルツとミュラへと目を向ける。

「え⁉　ミュラ、何を言ってんだよ⁉」

皆の視線を浴びて、コルツが焦り顔でミュラに言う。

ミュラは目が真っ赤で、頬には涙が流れていた。

「コルツの腕がなくなっちゃったの、私のせいだもん！　私が一生、コルツのお世話する！」

「ミュラのせいじゃないって！　それに、片手がなくたって自分のことはできるし！　ウリボウたちも手伝ってくれるからさ！」

「……やっぱり、私のこと嫌いなんだ」

ミュラが震える声で言い、うつむいてしまう。

コルツはますます焦り顔になった。

なんだなんだと、付近を歩いていた兵士や使用人たちが、足を止める。

「何でそうなるんだよ⁉　嫌いなわけないだろ！」

「じゃあ、お嫁さんにしてよ」

ミュラがコルツを上目遣いで見る。

「だから、腕のことは気にしなくていいって。ミュラのせいじゃないんだから」

「……なら、コルツがお嫁さんを貰うまで、私が傍にいる」

「え、ええ……」

「ダメなの？」

「いや、ダメじゃないけど……」

「誰もお嫁さんにならなかったら、私をお嫁さんにしてね？」

「お、おう」

コルツが頷くと、見ていた兵士や使用人たちがパチパチと拍手をし始めた。

「幸せにしてやれよ！」とか、「もう泣かすんじゃないぞ！」という声が次々に投げかけられる。

ミュラがそれでようやく自分たちが注目されていたことに気づき、顔を赤くしてうつむいた。

「……何か、昔のルティ思い出したわ。あいつの場合、もっと激しかったけど」

「そ、そう。もしよかったら、馴れ初め聞かせてくれない？」

「ん？　別にいいけど、そこまで面白い話じゃねえぞ？」

「でも、ルティーナさんってパン屋の娘さんだったんでしょ？」

「ああ。俺が小遣い稼ぎで下働きしてた、パン屋のな」

ルグロが当時のことを思い起こし、懐かしそうな目をする。

「俺が一目惚れしてさ、必死に口説いて何とかいい感じになったんだけど、その後戦争が始まってさ。パン屋を辞めなきゃいけなくなって、それで身分を明かしたら、烈火のごとく怒りだして――」

「あ、あの、殿下。そういうお話は、別の場所でしたほうが……」

近くで聞き耳を立てている兵士たちに気づいたリーゼが、ルグロに声をかける。

「ん？　ああ、そうだな。ルティにバレたら、また平手打ちくらいそうだ。夕食食いながら、話すとするか」

そうして、一良《かずら》たちはコルツたちにも声をかけ、皆で宿舎へと戻って行った。

夕食時にルグロはルティーナとの馴れ初めを話したのだが、

「野営地で夜中にいきなりルティに襲われて、それでできたのがルルーナとロローナだ」

と話した瞬間に、隣に座っていたルティーナに思いきり頬を殴られて吹っ飛んでいた。


翌日の朝。

開け放たれた北の城門の外に、一良《かずら》たちはいた。

丘を下った先に、銀色の鎧を纏ったラースが仁王立ちしている姿が見える。

彼の背後200メートルほどには、バルベール軍の兵士たちがずらりと並んでいた。

「むう。移動防壁がかなり増えてるなぁ……」

「たった10日しか経ってないのに……よくあんなに作れましたね」

丘の上から双眼鏡を使って敵陣を見ていた一良《かずら》とバレッタが言う。

集まっている兵士たちの後方に敷かれた敵の防御陣地には、100を超える数の移動防壁が点在していた。

進軍する兵士たちを守るための幅広のものや、砲撃兵器を守るための縦長なものなど、様々だ。

そのほか、移動式の遠投投石機《トレビュシェット》も20近く確認できる。

敵軍も、この10日の間にさらなる攻撃準備を整えたようだ。

「さてと。行ってきますね」

一良《かずら》の隣に立つジルコニアが言い、背後に立つナルソンに振り返る。

左手に小型の鉄の円盾、右手に鉄の短槍、腰には長剣、体は鉄鎧という完全武装だ。

兜は邪魔だということで、着けてはいない。

「ナルソン。分かってると思うけど、絶対に手出しはさせないでね」

「ああ。お前も、無茶はするなよ」

ナルソンが心配げな顔で言う。

かなり不安な様子だ。

「大丈夫だって。あんな奴に、私が負けるわけがないじゃない」

「そうかもしれないが……くれぐれも油断するなよ。相手とて、腕に自信があるからこそ決闘を挑んできているのだろうからな」

「分かってる。でも、心配無用よ」

「ジルコニア殿、家族を置いて死ぬんじゃねえぞ。死んでも生きて帰ってこい！」

ナルソンの隣に立つルグロが、真剣な顔でおかしなことを言う。

昨夜ルティーナに殴られた左頬が、赤く腫れ上がっていた。

彼の隣にはルティーナと子供たちもおり、皆が不安そうな顔でジルコニアを見つめていた。

「はい。でも、ご子息にこんなものを見せてもいいのですか？」

「ああ。子供らは、将来この国を背負って立つんだからな。自分たちがどんな人たちの助力のうえで生きているのか、分かっておいてもらいたいんだ」

「……素晴らしいお言葉です。綺麗なお顔の時に、聞きたかったですわ」

「い、いやぁ……はは」

「うう……ごめんなさい」

頭を掻くルグロと、よよよ、としょげかえるルティーナ。

ジルコニアが楽しそうに笑う。

「ジルコニアさん」

一良《かずら》がジルコニアに声をかける。

「行ってらっしゃい。油断しちゃダメですよ」

「はい。行ってきます」

ジルコニアが微笑み、前を向いて歩き出す。

しんと静まり返った防御陣地の間を、ジルコニアはゆっくりと進んで行く。

防壁の上や陣地に詰めている兵士たちは一言も発さず、皆が緊張した様子で彼女を見つめていた。

「いつまで待たせるんだよ。てっきり、怖くなって逃げたのかと思っちまったぞ」

10メートルほど手前で立ち止まったジルコニアに、ラースが言う。

ラースは中央が鉄製の長方形の大盾を地面に立てており、それに頬杖を突いていた。

そんな彼に、ジルコニアはにこりと微笑んだ。

「ごめんなさいね。こんなに朝早くからだとは思ってなくて。これでも急いで食事を済ませてきたのよ?」

「へえ。一番好きなものを食べてきたかい？」

以前、ジルコニアに「最後の食事に一番好きなものを食べてこい」と言われた意趣返しをするラース。

「ええ、もちろん。お腹いっぱい食べてきたわ。あなたは？」

「俺はまだ食べかけだ。お前をぶった斬ってから、食事の続きをするんでな」

「そう。じゃあ、早いところ終わらせちゃいましょうか」

ジルコニアが槍の石突きを、ドスッと地面に突き立てる。

両手をズボンで拭い、再び槍を掴んだ。

「……なあ、もう一度聞かせてくれ」

ラースがジルコニアに真剣な表情を向ける。

「どうして、アーシャを殺したんだ？」

「言ったでしょう？　あいつの家族だったからよ」

「あいつの剣の折れた切っ先は、天幕の中に転がっていた。それなのに、あいつの死体は天幕の外にあったんだ」

「……」

「お前、あいつを一度は見逃そうとしたんじゃないのか？　いったい、何があった？」

ラースの問いかけに、ジルコニアが「ふう」とため息をつく。

「……ええ、そうよ。見逃そうとした。でも、やめたの」

「どうしてだ?」

「あの娘、私に言ったのよ。『いつか必ずお前を殺してやる』って。それで、生かしておくわけにはいかなくなった」

　ジルコニアが空を見上げる。

　小さな白い雲が所々に浮かぶ青い空が、そこにはあった。

「あのまま見逃したら、今度は私や家族が同じ目に遭わされるかもしれなかったから。まるで、過去の自分を見ているみたいだった」

　ジルコニアが再び、ラースに目を向ける。

「でも、結局今度は、あなたが私に復讐しに来ちゃった。何も変わらなかったわね」

「……どうして、この間それを言わなかったんだ?」

「言い訳なんて、無意味だもの」

「……そうか。そうだな」

　ラースが顔をしかめて、ため息をつく。

　盾を手に取り、大剣を抜いた。

「難儀なもんだな。だが、俺はお前を許すことはできねえ」

「分かってる。大切な人を殺されたのだから。自分の手で始末を付けないと、気が済まないわよね」

「ああ。話は終わりだ。武器を取れ」

ラースにうながされ、ジルコニアは槍を地面から引き抜いた。

軽く上に投げ、逆手に持ち替える。

「なんだそりゃ。投げるつもりか？」

「ええ。私は臆病者なの。あなたこそ、そんなに大きな盾を持ってるじゃない」

ジルコニアが言うと、ラースはにやりとした笑みを浮かべた。

「俺も臆病者なんだ。お互い様だな」

「それ、重くないの？　そんな物を持って、機敏に動けるのかしら？」

「俺にとっちゃ、紙っぺらみたいなもんだ」

「まあ、すごい怪力」

「うだうだ言ってねえで、さっさとこい」

「そ。防いでみなさい」

言い終わると同時に、ジルコニアは大きく振りかぶって槍を思いきり投擲した。

軽く盾で受け流すつもりで身構えていたラースに、とんでもない速度で槍が直進する。

ガツッ！　と鈍い音を立てて穂先が盾の中央を貫通《かんつう》し、持ち手を握っているラースの手の甲にわずかな傷を付けた。

「っ⁉」

「どこを見ている！」

その声にラースが慌てて顔を上げる。

あっという間に距離を詰めたジルコニアが、右手で盾の端を掴んでいた。

力任せに盾を押し下げられ、ラースが前につんのめる。

その横っ面を、掴んでいた盾を離したジルコニアが殴り飛ばした。

ラースが口から血を吹き出しながら、地面に無様に倒れ込む。

唖然とした空気が、見ている者たちの間に広がる。

一拍置き、アルカディア側の陣営から割れんばかりの歓声が湧きあがった。

「げほっ！　て、てめえ……！」

よろよろとラースが立ち上がり、盾に突き刺さった槍を引き抜く。

ぺっと血を吐き捨て、ジルコニアを睨み付けた。

「大したことないわね。その程度？」

「ふざけんな‼」

ラースがジルコニアに突進し、大剣を振り下ろす。

ジルコニアがすさまじい怪力で盾を振るい、ガァン、と音を響かせて斬撃を打ち払う。

大きくよろけたラースの腹に、ジルコニアが強烈な蹴りを放った。

ラースはそれをモロに食らい、数メートルも後方に吹き飛ぶ。

まるで戦いにもなっていないようなその光景に、バルベールの兵士たちの顔が青ざめた。

ジルコニアは、いまだに剣を抜いてすらいない。

「立ちなさい。仇を討つんでしょう？」

「ぐっ……く、くそっ」

ラースが剣を杖にして立ち上がり、息苦しさを感じて自身の腹を見て、目を見開いた。

鉄製の鎧が、べこんと大きく凹んでいたからだ。

ジルコニアが腰に右手を当て、やれやれとため息をつく。

「鍛えて出直して来たら？　まるで相手にならないわ」

「ぐっ……があああ！」

ラースが盾を手放し、剣を両手で握って突進した。

力任せに、続けざまに剣を振るう。

ジルコニアはそのすべてを、ギリギリのところで躱《かわ》し続けた。

怒り狂ったラースの攻撃はどれも大振りに見えるが、けっして雑なわけではない。

それどころか、常人が扱う片手剣よりも速いくらいだ。

ジルコニアがあまりにも速すぎて、まるで命中しないのである。

ラースは息が上がり、だんだんと動きが鈍くなる。

「クソが！　ちょこまかするんじゃねえ！」

「分かった」

ラースが叫んで剣を振り下ろした瞬間、ジルコニアは盾を捨てて彼に肉薄し、剣を握っているラースの右手を上から掴んだ。

渾身の力で振り下ろしていたラースの両腕が、ビタッと止まる。

「なっ⁉」

「折るわよ」

ジルコニアがそのまま、思いきり力を込める。

ボキボキッ、と骨の折れる嫌な音が響き、ラースが苦痛に叫び膝をついた。

ジルコニアに握られていた右手は握りつぶされ、すべての指があり得ない方向を向いていた。

ジルコニアが手を離す。

ラースの大剣が地面に落ち、ガラン、と音を立てた。

「――ッ‼」

「私のこと、殺したい？」

跪いているラースを見下ろし、ジルコニアが言う。

ラースが顔を上げ、ジルコニアを睨みつけた。

その瞬間、ジルコニアが、ばっと右手を顔の横に上げた。

ビィン、としなる矢を掴み、ちらりと右を見る。

いつの間に隠れていたのか、数十メートル先の地面のなかから、わずかに顔をのぞかせて弓を手にしている男と目が合った。

ジルコニアの頬から、つうっと血が流れる。

一瞬の静寂の後、アルカディア陣地から、無数の怒声とラースを罵倒する声が湧き起こった。

「て、てめえ‼」

ラースが額に青筋を浮かべ、男に吠える。

「……こんなことだろうと思ってたわ」

「ち、違う！　俺はこんな真似させてねえ！」

「でしょうね」

「ジル！　戻ってこい‼　全軍、戦闘用意‼」

丘の上から、拡声器で増幅されたナルソンの怒声が響く。

アルカディア陣営から怒りの声が無数に湧きあがり、部隊長たちが戦闘用意の号令をかけた。

ジルコニアは矢を捨て、短剣を抜いて矢を放ってきた男に投擲した。

ドスッ、と音が響き、盛り上がっていた地面が崩れる。

ジルコニアは再び、ラースに目を向けた。

「また、いつでも挑んできなさい。相手になってあげる。でも、今度からは卑怯な手は無しよ？」

「な、なんだと……？」

「また会いましょう。待ってるわ」

ジルコニアが踵を返し、駆け戻って行く。

呆然とした様子で、それを見送るラース。

双方の陣地から慌ただしい騒音が響くなか、ラースは味方の兵士に連れ戻されるまでそうしていた。

「むう……あれで本当に、上手くいったのか？」

大慌てで陣地へと後退していくバルベール軍を見つめながら、ナルソンが言う。

「どうでしょう？　でも、ナルソンさん。さっきの叫びは迫真の演技でしたね！」

「迫真もなにも、一声叫んだだけですよ」

隣に立つ一良《かずら》に、ナルソンが苦笑する。

先ほどの矢のくだりは、こちら側の自作自演だ。

数日前の夜のうちに弓兵を地中に隠れさせ、ラースを圧倒して一息ついたタイミングで、ジルコニアの顔の前に矢を撃たせるというものだ。

計画の発案者はナルソンである。

敵にしてみれば、決闘を挑んだラースが卑怯な手段を取ったと士気が下がるし、味方は怒りに燃えて士気が上がる。

自軍に戻ったラースは、二度と卑怯な真似をさせるなと怒り狂うだろう。

ジルコニアは飛来する矢を躱したふりをする予定だったのだが、何と彼女は矢を掴むという離れ業をやってのけた。

あれには一同、目玉が飛び出るほどに驚いた。

ちなみに、ジルコニアが投げた短剣は、刃が革の模擬《もぎ》短剣である。

地中で死んだふりをしている弓兵は、騎兵が回収しに向かっているところだ。

後で特別手当を弾んでやらねばならない。

「お母様、おかえりなさい！」

「ただいま。ね、大丈夫だったでしょ？」

「はい！」

駆け戻ったジルコニアに、リーゼが抱き着く。

そうして母の顔を見上げ、ぎょっとした顔になった。

「ほ、頬から血が！　お怪我をなさったのですか⁉」

「ああ、これ？　さっき矢を掴んだ時に、自分で付けたのよ。迫力が出るかなって思って」

「そ、そうでしたか。バレッタ、薬ちょうだい！」

「その前に、傷口を洗わないとですよ。ジルコニア様、これを使ってください」

「ありがと」

ジルコニアはバレッタが差し出した水入りの革袋を受け取り、頬の傷を洗う。

バレッタは漢方薬のチューブから指先に赤い薬を少し出し、傷に塗った。

「ジルコニアさん、頬っぺた向けてください」

「ん」

ジルコニアが一良《かずら》に頬を向ける。

一良《かずら》は機関車のアニメキャラクターの絆創膏を取り出し、ぺたりと張った。

「いやぁ、ジルコニア殿、とんでもなく強ええんだな。11年前とはえらい違いで、ぶったまげたぞ！」

ルグロがジルコニアの背をばんばんと叩いて笑う。

「あはは。どうも」

「美人なうえにあんなに強ええなんて、まるで絵巻物だな！　今度、劇を作らせようぜ！」

「え、ええ……それはちょっと勘弁してください……」

困り顔で言うジルコニアに、皆が笑う。

そうしてひとしきり笑い、ナルソンが「さて」、と後退していく敵軍を見据えた。

「ぶちかますとするか。カノン砲部隊、目標は——」

「カズラ様！」

ナルソンが言いかけた時、開け放たれた城門から、ティタニアに乗ったコルッとミュラが駆けて来た。

皆が彼らに振り向く。

「ん？　コルッ君、どうしたの？」

「なんか、ウリボウたちがバルベールの北の方ですごく大きな戦いが始まったのを何日か前に見たって言ってるって、お姉ちゃんが……」

その言葉に、皆が「え!?」と声を上げた。

転章

時をさかのぼること数分。

ラースとジルコニアが対峙《たいじ》している姿を、バルベールの兵士たちが固唾を飲んで見守る。

兵士たちは2人から200メートルほど離れた位置におり、皆が口を閉ざしてじっと彼らを見つめていた。

「参ったな……ジルコニアを殺しちまったら、この後かなり面倒なことになるぞ」

カイレンがラースの弟のラッカに、険しい顔で言う。

「仕方がありませんよ。兄上は、何が何でもアーシャさんの仇を討つつもりです。止めようがありません」

ラッカがやれやれといった様子で言う。

「しかし、ジルコニアを殺さなくとも、彼らは降伏などしないでしょう。それこそ、王都を攻め落とされるまで抵抗するのでは？」

ラッカがカイレンに言う。

「んなこたねえだろ。ここに集まって来てる軍勢を打ち負かせば、連中は戦力の大半を失うことになるんだぞ」

カイレンがラースたちを見据えたままで言う。

「砦さえ奪っちまえば、後は内地の村や街を片っ端から潰して回って、イステリアみたいな大きな街は包囲して干上がらせれば勝手に消耗するだろ。グレゴルン領側からだって海軍が回り込むんだし、時間の問題だよ」

でもな、とカイレンが険しい顔になる。

「ジルコニアみたいな旗印は、殺すべきじゃない。あいつには、民衆を説得してもらいたいんだよ。貴族と王家の連中の処刑を免除するって言えば、ジルコニアだって頷くだろうしな」

「それが合理的ですね……しかし、兄上は彼女を殺してしまうでしょう。仕方がありませんよ」

「くそ……こんなことになるとはな」

カイレンが隣にいるティティスにちらりと目を向ける。

あれから、彼女は沈んだままで、マルケス襲撃の件についてカイレンを問いただすような真似は一度もしていない。

問いただされた場合に備えて、それらしい理由は考えてあるのだが。

彼女とぎくしゃくした雰囲気になってしまい、カイレンは内心頭を抱えていた。

フィレクシアはこの場にはおらず、後方の陣地で砲撃兵器の製造指示を出し続けている。

戦いが再開されるギリギリまで、準備を進めたいとのことだった。

「カイレン、始まりますよ」

ラースたちを見ていたラッカが言う。

カイレンも彼らに目を向けた。

ジルコニアは短槍を手にしており、ぽい、と少し上に投げて逆手に持ち直していた。

「投げ槍、か。小手先でどうにかなるもんじゃ――」

カイレンが言いかけた時、ジルコニアがラースに槍を投擲した。

目にも留まらぬ速さで飛翔した槍が、ラースが正面に構えた盾に突き刺さる。

そのあまりの速度にカイレンが目を見開いた次の瞬間には、常人ではあり得ない速度でラースに肉薄したジルコニアが、彼の盾を掴んでいた。

大人と子供ほどの体躯の差があるにもかかわらず、ジルコニアはその盾を一息で押し下げてラースの頬を殴り飛ばす。

吹っ飛んだラースの姿に、カイレンとラッカは唖然とした顔になった。

「……は？」

「兄上ッ！」

ラッカが叫ぶ。

ラースがよろよろと立ち上がり、盾に突き刺さった槍を引き抜いた。

ラースがジルコニアに突進し、渾身の力で大剣を振り下ろす。

ガァン、とここまで響くほどの金属音を響かせて、ジルコニアは左手に持った盾でそれを打ち払った。

よろけたラースの腹に蹴りをかまし、彼の巨体が数メートルも吹き飛ばされる。

「な、なんだありゃあ⁉」

カイレンが驚きに目を見開く。

ラッカは信じられない、といった顔で、呆然となっている。

「どうしてラースが吹っ飛ぶんだよ⁉　蹴とばされただけだぞ⁉」

「……グレイシオール」

「あ？」

ぽつりとつぶやいたラッカに、カイレンが目を向ける。

「グレイシオール？　奴らの神のことか？」

「はい。彼らの下に、グレイシオールが降臨したという噂話がありましたが、まさか本当に……」

「んなわけあるか！」

カイレンが怒鳴る。

「神が実在なんてしてたまるかよ！　絵巻物の話してるんじゃねえんだぞ⁉」

「しかし、そうでもなければ……」

そうこう話している間にも、ラースとジルコニアの戦いは続いていく。

盾を捨てて剣を両手に持ち直したラースが、すさまじい剣戟をジルコニアに加えていく。

しかし、そのどれもが異常な速さで動き回るジルコニアに紙一重で避けられてしまい、ただの一撃も命中しない。

ラースは今まで、蛮族と決闘した際は、相手がどんな大男であろうと圧倒して苦も無く討ち取っていた。

しかし、今目の前で繰り広げられている光景は、相手が女だから油断したとか、そういったレベルのものではない。

ジルコニアの動きは、どう見ても人間のそれを凌駕したとんでもない速さだ。

「カイレン様！」

呆然とラースたちの戦いを見つめる2人の下に、ラタに乗った兵士が駆け寄る。

「司令部からの命令です！　直ちに軍を取って返し、北部に急行せよとのことです！」

「あ？　何だその命令は。どういうことだ？」

カイレンが怪訝な顔を兵士に向ける。

「蛮族の大規模攻勢です！　国境を一斉に越えた蛮族が、全面攻勢をかけてきました！」

「な……」

「大規模攻勢？　なぜ今、そんな……」

カイレンとラッカが愕然とした顔になる。

蛮族との休戦交渉は完璧《かんぺき》なはずであり、このタイミングでの攻撃は考えられない。

しかも、北部にはかなりの数の守備隊が展開しており、この決戦の最中にこちらの軍を転進させるなどあり得ない話だ。

「北部の守備隊は？　まさか、負けちまったのか？」

「それが、一部の部隊がこちらに向かって来ているとのことで……」

「何だと……何がどうなってやがるんだ……」

「カイレン様！　ラースさんが！」

隣にいたティティスの叫びに、カイレンとラッカがラースたちに視線を戻す。

ラースはジルコニアの前に跪いており、剣を地面に落としてしまっていた。

ラースは顔を真っ赤にして右手を押さえ、苦悶の表情を浮かべている。

「っ⁉　ラース！」

カイレンが叫んだ時、不意にジルコニアが顔の横に手を上げた。

その手には矢が握られており、数秒置いて、彼女の頬から一筋の血が流れた。

アルカディア陣地から、ラースを罵倒する怒声が響き渡る。

「な……あの女、飛んできた矢を掴んだのか⁉　おい、ラッカ！　お前の仕業か⁉」

カイレンがラッカの肩を掴む。

決闘の最中に横槍《よこやり》を入れるなど、とんでもない暴挙だ。

たとえラースが殺されることになったとしても、味方の心証を考えれば絶対にやってはならないことである。

「い、いいえ。私は何も――」

「ジル！　戻ってこい‼　全軍、戦闘用意‼」

人の声量ではあり得ないほどの声が、カイレンたちの下にまで響く。

皆がぎょっとしてアルカディア陣地に目を向けた。

ラースを見下ろしていたジルコニアは踵を返し、アルカディア陣地へと駆け戻って行く。

まるでラタが全速力で駆けているかのようなその速さに、皆が唖然とした顔になる。

「お前ら、ラースを連れ戻してこい！　ラッカ、ヴォラスのところに行くぞ！」

カイレンは叫ぶように言うと、兵士たちの間を駆け出して行った。

番外編　初めてのテレビゲーム

とある日の昼下がり。

ナルソン邸の一良《かずら》の部屋では、一良《かずら》がうきうきした様子で大型テレビの箱を開封していた。

部屋にはバレッタ、リーゼ、ジルコニアがおり、興味津々といった様子で作業を見守っている。

「すごい大きさですね。これがテレビですか……」

箱の中から姿を現した液晶テレビに、バレッタが感心した様子で言う。

テレビは75インチの薄型液晶テレビで、お値段は35万円だった。

「ええ。いつもノートパソコンの小さい画面かプロジェクタで動画を見てたんで、せっかくだから大きくて綺麗な映像を皆に見てもらおうと思って。ジルコニアさん、そっち持ってもらえます？」

「はい。これ、画面の部分は持たないほうがいいんですよね？」

恐る恐るといった様子で、ジルコニアが一良《かずら》とは反対側を持つ。

「ですね。液晶部分は脆《もろ》いんで、気を付けてください。リーゼは、箱に入ってるコードとかを出してくれ。バレッタさんは、箱からテレビに付ける台座を出してもらえます？」

「はい……台座、これですね。ネジ止め式か。説明書は……」

バレッタが台座と取扱説明書を取り出し、ぱらぱらと捲る。

「テレビ、いったん置きましょうか。ジルコニアさん、そっと床に下ろしますよ」

「そっとですね……うう、何か怖いなぁ」

2人がテレビを床に置くと、早々に仕組みを理解したバレッタが台座を取り付け始めた。

「カズラ、これ何？　ボタンがいっぱい付いてるけど」

リーゼが箱からリモコンを取り出し、袋から出す。

「それはリモコンだな。それを使って、テレビを操作するんだ」

「ふうん……パソコンのマウスみたいなものかな？」

「まあ、そんな感じだな。そっちのダンボールに単三電池が入ってるから、入れておいてくれ」

「うん。電源コードはこれだよね？」

「だな。袋から出して、こっちに持ってきておいてくれ」

そうしてあれこれと作業を進め、壁際の棚の上にテレビを設置した。

起動して初期設定画面が映し出されると、バレッタたちが「おおっ」と声を上げた。

「すごく綺麗ですね……プロジェクタで壁に映していた映像とは、全然違います」

「本当ね……これで映画を見たら、すごく迫力がありそう」

「カズラ、何か見ようよ！　動物のドキュメンタリーとかさ！」

「まあまあ、待ちたまえ」

せがむリーゼを、一良《かずら》が諫める。

そして、壁際から別の箱を持ってきた。

「それは？」

小首を傾げるリーゼに、一良《かずら》がニヤリとした笑みを向ける。

「ふふふ。これは、XB○Xというゲーム機だ」

「ゲーム機って？」

「テレビを使って遊ぶ玩具ですよね？」

バレッタの言葉に、一良《かずら》が頷く。

「ですね。こういうのを使って皆で遊んでもいいかなって思って、買ってきちゃいました」

一良《かずら》が箱を開け、XB○Xを取り出してテレビの脇に置き、配線を繋げる。

ソファーを動かしてテレビの対面に移動させ、皆で座った。

少し狭いが、4人なら何とか座れる幅だ。

「さて、始めようか」

一良《かずら》はいくつか用意してきたゲームソフトから1つをXB○Xにセットし、ゲームを起動した。

「ちょ、ちょっと！　お母様！　それ私です！　私を撃ってます！」

「え⁉　これゾンビじゃないの⁉」

「頭の上に思いっきり『Ｌｉｓｅ』って書いてあるじゃないですか！　何でさっきからショットガンを連射してるんですか⁉」

「ジルコニア様！　後ろ！　後ろから酸を吐くゾンビが来てます！」

「どれ⁉　あ、これね！」

「うわ⁉　ジルコニアさん、それ俺で……って、何で手榴弾を足元に投げてるんですか⁉」

小一時間後。

4人はテレビ画面に向かい、大騒ぎしながらゲームをプレイしていた。

今遊んでいるソフトは、大量のゾンビが跋扈する廃墟の街なかを、点在するセーフルームへと向けて4人のプレイヤーが協力して進んで行くガンシューティングゲームだ。

遊び始めは、薄暗く不気味な街をゾンビに襲われながら進んで行くというゲームシステムに、バレッタたちは困惑した様子だった。

しかし、とんでもない数のゾンビに間断なく襲われ続けているうちに感覚が麻痺したのか、今では怖がる様子もなく、わーきゃー騒ぎながらゲームを楽しんでいる。

ジルコニアはこういったゲームが苦手なのか、ことあるごとに味方を誤射したり、皆が戦っている最中にジャンプし続けながら足元に銃を乱射していたり、駆け出したと思ったら崖から転落して即死したりと、謎行動を頻発させていた。

「ジルコニア様！　早く！　早くセーフルームに入ってください！」

「ちょ、ちょっと待って……入った！　ドア閉めて！」

ジルコニアが中継ポイントであるセーフルームに最後尾で滑り込み、扉が閉まったところで、画面に『ステージクリア』の文字が表示された。

「つ、疲れた……私はもういいです……」

ジルコニアがげっそりした顔で、コントローラーを膝の上に置く。

「ありゃ。ジルコニアさんには合いませんでしたか？」

「ええ。操作が難しいし、目が疲れちゃって……指も攣りそうです」

ジルコニアが手をぷらぷらさせる。

かなりお疲れの様子だ。

「バレッタさんとリーゼは？」

「う、うーん……面白いとは思いますけど、何かものすごく肩がこりますね、これ」

「私はすっごく面白いと思うなぁ。気分爽快って感じでさ」

リーゼはこの手のゲームと相性がいいのか、早々に操作をマスターしてトップのスコアを叩き出すようになっていた。

一良《かずら》は日本にいた頃は、ゲームは気が向いた時にたまにやるくらいだったので、特段上手いわけではない。

今回このゾンビゲームを買ってきたのも、彼女たちの反応が面白そうだと思ったからだ。

「カズラさん、別のゲームにしませんか？　もっとこう、疲れなくて誰でも楽しめるようなやつがいいです」

ジルコニアが一良《かずら》に提案する。

「そっか。じゃあ、次はこれにしましょうか」

一良《かずら》が壁際のダンボール箱へと向かい、別のゲーム機の箱を取り出す。

「それもゲーム機？」

リーゼがわくわくした様子で一良《かずら》に聞く。

すでにゲームの虜になっているようだ。

「うん。パーティーゲームがたくさん出てる機種でさ。大人から子供まで楽しめるゲームが多いんだ」

一良《かずら》が箱を開けて本体を取り出し、テレビに接続する。

「ソフトもいろいろ買ってきたけど……ジルコニアさん、どれがいいですか？」

一良《かずら》が数本のソフトをテーブルに並べる。

配管工が主人公のパーティーゲーム、テニスの対戦ゲーム、爆弾を置いて相手を爆殺するゲームなど、様々だ。

「んー。のんびりやれるやつがいいですね。皆で順番にやって、交代しながらそれを眺められるようなのってあります？」

「なら、これですかね」

一良《かずら》が「桃○郎電鉄」とタイトル書きされたコミカルなイラストのソフトを指差す。

「日本全国を電車で移動しながら、その土地の物件を買って資産を競い合うボードゲームです。その土地の名産とか、お祭りとかのイベントも説明されてて面白いですよ」

一良《かずら》が言うと、バレッタとリーゼが「おおっ」と声を上げた。

「面白そうですね！　旅行雑誌に載ってるようなものも出てくるんですか？」

「もちろん。せっかくだから、雑誌見ながら遊んでも面白そうですね」

「お母様、これがいいですよ！　すごく面白そうじゃないですか！」

バレッタとリーゼに、ジルコニアも「そうね」と頷いた。

「さっきのゲームみたいに、相手を撃ち殺したりとかはないんですよね？」

「ジャンルがまったく違いますから、そういうのはないですよ」

「じゃあ、これにしましょうか」

「私、雑誌取って来るね！」

リーゼが本棚に旅行雑誌を取りに向かう。

そんなわけで、バイオレンスなゾンビゲームから一転して、ボードゲームで遊ぶことになったのだった。

数時間後。

桃○郎電鉄で遊び始めた4人だったのだが、勝負の展開はかなり偏ったものになっていた。

「やった！　また1位でゴール！」

目的地の東京に一番乗りで到着したジルコニアが、満面の笑みで叫ぶ。

「うう、お母様、さっきからどうなってるんですか」

「ぜ、全部の目的地にぴったりのサイコロの目が出てます……」

リーゼとバレッタが「ぐぎぎ」、と悔しそうに唸る。

このボードゲームは目的地に進むにあたりサイコロを振るのだが、ジルコニアは遠方にいる時はサイコロの目が5や6を連発していた。

目的地に到着するためにはぴったりで止まる目が出ないといけないのだが、それすらも10パーセントの確率で出ていた。

ゴールで得た豊富な資金力で物件を片っ端から買い漁り、大半の地域の物件所有者はジルコニアとなっている。

このゲームには逆転要素となる様々な効果を発動する「カード」が存在するのだが、それす

らも優れたものばかり引き当て、他の追随を許さないスコアを叩き出していた。

「うおお……何で俺だけ石垣島に飛ばされてるんだよ。貧乏神付きっぱなしだし……」

「カズラ、さっきから酷いことになってるね」

「あはは……借金が40億円になってますね……」

全員の不幸を総取りしているような状態になっている一良《かずら》に、リーゼとバレッタが憐れみを含んだ目を向ける。

そうこうしているうちにゲームは開始時に定めた年数が経過して、結果発表となった。

1位は当然のようにジルコニア。2位がリーゼ、僅差で3位がバレッタ、突き抜けて4位が一良《かずら》である。

「カズラさん、このゲーム、すっごく面白いですね！」

ジルコニアが実に晴れ晴れとした笑顔で言う。

ゾンビゲームをしていた時とは、顔つきが雲泥の差だ。

「はは。まあ、楽しんでもらえてよかったです……っと、そろそろ夕食の時間か」

一良《かずら》がベッド脇の棚に置かれている時計に目を向ける。

時刻は午後の7時に差し掛かっており、窓の外も暗くなっていた。

「皆、夕食を食べたら、もう1回やらない？」

「俺は別にいいですけど、ジルコニアさん、仕事は大丈夫なんですか？」

「大丈夫、大丈夫。もう一勝負しましょう！」

うきうきして言うジルコニア。

すっかり桃○郎電鉄にハマってしまったようだ。

「まあ、大丈夫ならいいですけど……バレッタさんとリーゼは？」

「私も大丈夫です。急ぎのものはありませんから」

「私も特に予定はないよ。次は負けないように頑張る！」

そんなこんなで、夕食後に再び４人でゲームをすることになったのだった。


そして、夕食後。

一良《かずら》たちは再び桃○郎電鉄に興じていた。

「よし！　また1位！」

ジルコニアが振ったサイコロが目的地の富山への目をぴたりと出し、1位でゴールする。

豊富な資金力で、物件をひたすら買い漁った。

「何だこれは……どうして俺はまた石垣島にいるんだ……」

「カズラさん……」

「カズラ、何か悪霊でも憑いてるんじゃないの？　貧乏神はずっと憑いてるけど」

相変わらず一良《かずら》が突き抜けて最下位を爆走しており、ジルコニアがトップを独走中。

リーゼとバレッタは前回よりはかなりマシで、何度か1位を取ることができていた。

一良《かずら》は接待プレイをしているわけではなく、ガチでやっているのだが、どういうわけか何をやっても上手くいかない状態になっていた。

「ジルコニアさん、何か細工してないですよね？ サイコロに詰め物してたりしません？」

「このゲームでどうやって詰め物をするっていうんですか。日頃の行いですよ。ふふ」

ジルコニアが上機嫌で微笑む。

すると、コンコン、と部屋の扉がノックされた。

一良《かずら》が返事をすると、失礼します、とエイラが部屋に入ってきた。

「あの、そろそろお風呂に入られては……」

おずおずと言うエイラに、皆が時計へと目を向ける。

時刻は夜の12時を回っていて、いつの間にか4時間近くもゲームに興じていたようだ。

しばらく前にマリーが呼びに来たのだが、その時はちょうど盛り上がっていたので、「もう少し後で」と伝えていた。

「うわ、いつの間にこんな時間が……あっ、エイラさん、すみません！ すっかりゲームに熱中しちゃってて、お茶——」

「あっ！ いえいえ！ お気になさらないでください！」

お茶会、と言いかけた一良《かずら》に被せるようにして、エイラが言う。

「お茶？　お茶がどうかしたの？」

リーゼが小首を傾げる。

「ああ。いつも――」

「リーゼ様！　さすがにそろそろお休みになられませんと、お肌に悪いですよ！」

再びエイラが一良《かずら》の言葉をさえぎって言う。

「あっ、そうだね。でも、まだ途中だしなぁ」

リーゼがテレビのゲーム画面に目を向け、渋い顔になる。

「私、明日って何も予定ないよね？」

「予定は入っておりませんが……」

「じゃあ、今夜は徹夜でこれやる！　お母様に独り勝ちさせるの、悔しいもん！」

「えっ⁉」

「エイラも、明日はお休みでしょ？　朝まで付きあわない？」

「は、はあ。ですが、夜はきちんと休まれたほうが……」

「もー、固いこと言わないの！　徹夜でゲームなんて、絶対楽しいんだから！　ね、カズラ？」

リーゼが一良《かずら》に話を振る。

その隣で激しく頷いているジルコニアを見て、一良《かずら》は苦笑した。

「まあ、たまにはそういうのもいいか。バレッタさん、いいですかね？」

「あはは。そうですね、今夜は遊んじゃいましょっか！」

というわけで、4人はエイラも加えて、夜通しゲームをして遊ぶことになったのだった。


翌朝。

ちゅんちゅんと小鳥が囀る音が外から響くなか、昨夜の面々は寝間着姿でゲームを続けていた。

リーゼは朝の4時くらいに限界が来てしまって、一良《かずら》のベッドを借りてすやすやと就寝中である。

今は、代打でエイラがプレイ中だ。

「ふ、ふふふ。ついに、ネ〇ミーランドを手に入れたわ……」

このゲームにおける超大型物件である東京ネ〇ミーランドを購入したジルコニアが、一声そうつぶやくとがくりとソファーにもたれかかった。

眠気が限界に来ていたようで、目の下に濃いクマを浮き上がらせてすやすやと寝息を立てている。

朝まで遊びたいという彼女の希望で、それに合わせたプレイ時間の年数を設定してある。

現状、あと数十分プレイすれば終わる、というところだ。

「ジルコニアさん？　あれ、寝ちゃったのか」

「だいぶ熱中してましたし、疲れちゃったんでしょうね」

同じく目の下にクマを作った一良《かずら》とバレッタが、ジルコニアに苦笑する。

「エイラさん、大丈夫ですか？　仕事明けですし、かなり疲れてるんじゃ……」

「いえ、全然平気です。日本のいろんなところを巡っているみたいで、すごく楽しくて時間を忘れちゃいました」

旅行雑誌で東京ネ○ミーランドの紹介記事を読んでいたエイラが、一良《かずら》に微笑む。

エイラも目の下にクマはあるが、表情は明るく元気そうだ。

エイラが淹《い》れてくれたハーブティーを飲みながらゲームをしていたのだが、無理して起きているのは体に毒だということで、あえてカフェインのないものを飲んでいた。

どうしても眠くなったら寝る、と決めて遊んでいたのだが、結局寝たのはリーゼだけだ。

「リーゼ様の隣に、ジルコニア様も寝かせて差し上げても大丈夫でしょうか？」

「あ、そうですね。運びますか。バレッタさん、布団をお願いします」

「はい」

爆睡しているジルコニアを、一良《かずら》が足を持ち、エイラが脇の下に腕を入れて抱え上げ、ベッドへと運ぶ。

バレッタに布団を剥いでもらい、リーゼの隣にジルコニアを横にならせた。

母娘ですやすやと眠る姿に、一良《かずら》たちはやれやれと息をつく。

「では、私は今日は実家に帰らないといけないので、これで失礼いたしますね」

「あ、はい。すみません、付きあわせちゃって」

「いえいえ。とても楽しかったです。また交ぜてくださいね」

エイラが微笑み、部屋を出て行く。

すると、それと入れ替わりでナルソンが部屋に入ってきた。

「カズラ殿。昨夜から徹夜でテレビゲームというものをしているとマリーから聞いたのですが……」

寝間着姿の皆を見て、ナルソンが目を丸くする。

「もしや、本当に一睡もせずにいたのですか？」

「あはは……盛り上がっちゃって、寝るに寝られなくて。ジルコニアさんは、さっき力尽きちゃいました」

「はは。まあ、たまにはそういう気晴らしも……おお、これは大きなパソコンですな」

ナルソンがテレビに目を向ける。

「あ、それはテレビっていうものでして――」

一良《かずら》がナルソンにテレビとゲーム機の説明をする。

ナルソンは「ふむふむ」と頷き、ベッドで寝ているジルコニアを見た。

「なるほど、面白そうですな。徹夜で力尽きるまで熱中するほどに、面白いのですか？」

「ええ。面白いですよ。ナルソンさんもやってみます？」

「む、よろしいのですか？」

「ええ。簡単なんで――」

一良《かずら》が言いかけた時、コンコン、と扉がノックされた。

失礼します、とマリーが部屋に入って来る。

「カズラ様、ドライフードメーカーが昨夜から動かなくなってしまっていて……申しわけないのですが、見ていただけないでしょうか？」

「ありゃ、それは大変だ」

一良《かずら》が立ち上がり、マリーと部屋を出て行く。

「ナルソン様、何か飲みますか？」

バレッタがナルソンに言う。

「うむ、そうだな。温かいものを頼む」

「はい。ホットミルクを淹れますね」

バレッタが冷蔵庫に向かう。

ナルソンはソファーに座り、テレビ画面に目を向けた。

「ふむ。ゲームか」

一良《かずら》の持っていたコントローラーを手に取り、適当にポチポチとボタンを押してみる。

すると、一良《かずら》の電車の後ろに憑いていた貧乏神が、派手な演出とともに地獄の鬼のような姿に変身した。

「ん？　何だこれは？」

ナルソンはよく分からないまま、ポチポチとボタンを押す。

「んん？　これは勝手に動くものなのか？」

自動的にサイコロが3つ振られ、すべての物件を破壊する破壊神と化した一良《かずら》の電車が勝手に移動を始めた。

どすん、どすん、と豪快な音を響かせて、電車が進んで行く。

先ほどジルコニアがようやく手に入れた、東京ネ○ミーランドの物件がある駅を通過した。

あれこれと文字が出てくるが、ナルソンは日本語が読めないので意味は理解できていない。

「ナルソン様、お待たせし……ま……」

電子レンジで牛乳（長期保存用）を温めたバレッタがナルソンに振り向き、ふとテレビ画面を見て硬直した。

「おお、すまんな……どうかしたか？」

「え、え……ど、どうしよう」

「ん……ああ、寝ちゃってたのね」

ベッドから響いたジルコニアの声に、バレッタがぱっと顔を向ける。

「あら、ナルソン。おはよう」

「ああ、おはよう。昨夜はテレビゲームで盛り上がっていたらしいな？」

「ええ。すごく面白くって。後でナルソンも……ん？」

ジルコニアがテレビ画面を見て、怪訝な顔になる。

画面には、『ジルコニア電鉄の資産が８０２１億円消し飛んだ！』と書いてあった。

「……は？」

ジルコニアが、コントローラーを握っているナルソンに目を向ける。

真顔のジルコニアに、ナルソンは背筋に冷たいものが走った。

何が何やら分からないが、この場にいてはまずい、ということだけは本能で理解できた。

「さ、さて！　少し出かける用事があったのだった！　ではな！」

言うが早いか、ばっと立ち上がって部屋を出て行くナルソン。

部屋には、ナルソンが出て行った扉を無言で見つめるジルコニアと、強張った表情でマグカップを手にしているバレッタが残された。

「……バレッタ」

「は、はひっ！」

「今日は昼寝しておきなさい。今夜も徹夜でやるわよ」

「かしこまりましたっ！」

なぜかビシッと敬礼してバレッタが答える。

その後、ドライフードメーカーを直して（コンセントが抜けていただけ）一良《かずら》は戻ってきたのだが、ジルコニアはベッドでふて寝していた。

一良《かずら》はバレッタから事情を聞いて、今夜は別のゲームを勧めてみよう、と苦笑したのだった。

あとがき

こんにちは、こんばんは。PS5がいつまで経っても買えないすずの木くろです。いつもご購読、ありがとうございます。いつになったら抽選に当たるんだろうか……。

昨年の夏、ヘチマを育ててヘチマスポンジを作ろうとしたのですが、どういうわけか雌花が1つも咲かずに雄花ばかりが咲き乱れ、結局1つも実が生りませんでした。

ツイッターでフォロワーさんから助言をいただいてあれこれ試したのに上手くいかず、結局何が原因だったのかさっぱり分からないといった始末で……。

今年、もう一度ヘチマ栽培にチャレンジしてみようと思います。もし上手い栽培方法をご存知の方がおりましたら、ツイッターで教えていただけるとすずの木がとても喜びます。

ヘチマの大失敗に引き換え、大根やトマト、みかんなどは大豊作で、とんでもない量が収穫できました。

スイカは悪天候のせいですさまじいほどの不作となってしまい、双葉社編集部には例年のようにスイカを送ることができなかったので、代わりにトマトを送りました。

担当さんから「仕事しながら皆でトマトを齧りました」とメールが来て、その様子を想像してニヤニヤしていました。いつも激務に追われている編集部の方々の疲れを、少しでも癒せていたらいいな。

というわけで、「宝くじ～」シリーズ、13巻目を発売することができました。

いつも応援してくださっている読者様、素晴らしいイラストで本作を彩ってくださっている黒獅子様、素敵な装丁デザインに仕上げてくださっているムシカゴグラフィクス様、本編コミカライズ版を連載してくださっているメディアファクトリー様、本編コミカライズを担当してくださっている漫画家の今井ムジイ様、スピンオフ「マリーのイステリア商業開発記」を担当してくださっている漫画家の尺ひめき様、本作担当編集の高田様。いつも本当にありがとうございます。

これほど長く続刊を出し続けられているのは、皆様の応援とご協力のおかげです。

完結に向けて、これからも頑張りますので、今後とも何卒よろしくお願いいたします。

２０２１年１月　すずの木くろ

本書に対するご意見、ご感想をお寄せください。

あて先

〒162-8540 東京都新宿区東五軒町3-28
双葉社　モンスター文庫編集部
「すずの木くろ先生」係／「黒獅子先生」係
もしくは monster@futabasha.co.jp まで

MONSTER
bunko

宝《たから》くじで40億《おく》当《あ》たったんだけど異世界《いせかい》に移住《いじゅう》する⑬

2021年3月2日 第1刷発行

著者 すずの木《き》くろ
発行者 島野浩二
発行所 株式会社双葉社
〒162-8540
東京都新宿区東五軒町3-28
電話 03-5261-4818(営業)
03-5261-4851(編集)
http://www.futabasha.co.jp
(双葉社の書籍・コミック・ムックが買えます)
印刷・製本所 三晃印刷株式会社
フォーマットデザイン ムシカゴグラフィクス

落丁・乱丁の場合は送料双葉社負担でお取り替えいたします。[製作部]あてにお送りください。

ただし、古書店で購入したものについてはお取り替えできません。

[電話]03-5261-4822(製作部)

定価はカバーに表示してあります。

ISBN978-4-575-75285-4 C0193
Printed in Japan

Mす01-13

モンスター文庫

神スキル【呼吸】するだけでレベルアップする僕は、神々のダンジョンへ挑む。
1
妹尾尻尾
illust▶伍長

十五歳になると、女王からスキルが与えられる世界。冒険者になることを夢見ていたラーナが賜ったのは、「呼吸——息を吸って吐くことができる」というふざけたものだった。落胆するラーナだが、魔女の呪いで眠らされてしまった妹を救うため、万能の霊薬『賢者の種』を求めてダンジョンへ挑むことを決意する！　自分に与えられたのが神のスキル【神呼吸】であることも知らずに——。幼なじみの美少女魔道士、ハイテンション受付嬢、ハーフエルフの姐さん鍛冶職人たちと協力し、最強スキルでダンジョンの最下層を目指せ！　「小説家になろう」発、正統派冒険ファンタジー第一弾！

モンスター文庫

発行・株式会社　双葉社

モンスター文庫

必勝ダンジョン運営方法 1
雪だるま
YUKIDARUMA
画 ファルまろ
FARUMARO
ある日、アパートを訪ねてきた女神ルナに、異世界でのダンジョン運営をお願いされた鳥野和也。渋々ダンジョンマスターとなった和也は、まずはゴブリンやスライムを鍛えることにする。2日後、剣士や魔術師、元王女の奴隷などからなるパーティーが、ダンジョンに紛れ込む。和也はゴブリンたちとともに迎え撃つが……露天風呂を作ったり、エルフの少女たちを教育したりと、ダンジョンマスターは今日も大忙し！「小説家になろう」発、大人気迷宮ファンタジー！
モンスター文庫

発行・株式会社　双葉社